Ψ

Alexander Sommerburg

Selective Yellow

Roman

Bibliografische Information der Deutschen Nationalbibliothek: Die Deutsche Nationalbibliothek verzeichnet diese Publikation in der Deutschen Nationalbibliografie; detaillierte bibliografische Daten sind im Internet über dnb.dnb.de abrufbar.

© 2020 Alexander Sommerburg
Herstellung und Verlag:
BoD – Books on Demand, Norderstedt

ISBN: 978-3-7528-2013-3

Selective Yellow (hellgelb) ist eine gelbliche Farbnorm für die Fahrzeugbeleuchtung. Sie ist gleichartig definiert in der europäischen ECE-Regelung Nr. 19 und der nordamerikanischen SAE J583, jeweils bezugnehmend als besondere Farbe für Nebelscheinwerfer.

Wikipedia

Teil I

Genüsslich schlürfend trank Jonas den letzten Schluck Kakao aus der Flasche. Der Zug verlangsamte sein Tempo und rollte in den Bahnhof ein. Jonas warf die Glasflasche in den am Tisch angebrachten Mülleimer. Dann legte er seinen Collegeblock auf den Schoß und guckte aus dem Fenster des Fernverkehrszuges. Irgendeine kleine Stadt, die er noch nicht kannte, aber auch nicht kennen wollte. Vielmehr schaute er aus dem Fenster, um den fordernden Blicken der einsteigenden Leute auszuweichen, damit er nicht seinen benachbarten Sitzplatz anbieten musste, auf dem er seinen Rucksack liegen hatte.

Das kleine Zugabteil füllte sich rasant, bloß der Platz neben Jonas blieb frei. Fünf Menschen und ein Rucksack, sechs Sitzplätze und ein kleiner Raum. Man müsste meinen, in diese Fülle würde sich niemand mehr quetschen wollen, doch es dauerte nicht lange, da setzte sich eine schlanke, blondierte Frau neben ihn. Ohne zu fragen, hatte sie seinen Rucksack beiseitegelegt. Mit ihren langen künstlichen Fingernägeln versuchte sie ungeschickt, etwas in ihr Smartphone zu tippen. Er sah sie nur aus dem Augenwinkel und machte, obwohl es eine Frau mit einem gewissen Reiz auf Männer zu sein schien, keinerlei Anstalten, sie genauer zu betrachten.

Das Abteil war nun komplett belegt und dennoch war es leise. Mit geschlossenen Augen hätte man annehmen können, man wäre in einer Bibliothek: raschelndes Papier, vorsichtiges Hüsteln und leises Tastaturklappern.

In dem Abteil saßen noch ein älteres Ehepaar, das gedankenversunken aus dem Fenster schaute, ein junger Mann, der geschäftig an seinem Laptop arbeitete, und eine gut betuchte Dame, die in einer Frauenzeitschrift Kreuzworträtsel löste. Jonas nahm wieder seinen Collegeblock zur Hand, lehnte sich an die ungemütlich harte Armlehne und schrieb weiter, als er plötzlich durch die laute Melodie des nervigen Popsongs, den er schon etliche Male im Radio gehört hatte, hochschreckte. Die Töne kamen vom Smartphone der Blondine. Sie ließ es geschlagene dreißig Sekunden – er hatte auf seine Armbanduhr geschaut – klingeln und nahm dann seelenruhig den Anruf an.

Mit der Ruhe war es schnell vorbei, denn sie kreischte förmlich in den Hörer: »Hey! – Ach, du bist es. Schön, dass du dich meldest, ich muss dir noch so viel erzählen. Gestern in der Bar – Ja? – Weißt du noch, da war dieser braunhaarige Typ, der mich die ganze Zeit so beobachtet hat? Ja, der, den auch Lisa so süß fand. Auf jeden Fall war es toll. Schade, dass du nicht bis zum Schluss dabei gewesen bist. Aber ich kann dir ja alles erzählen. Sitze gerade im Zug und langweile mich hier sowieso.«

Jonas legte seinen Collegeblock aus der Hand, da er unter diesen Umständen keinesfalls in der Lage war, sich zu konzentrieren, atmete tief durch und hoffte, sie würde in den nächsten Minuten auflegen. Sie tat es nicht. Er wurde allmählich ungeduldig und wippte mit seinen Beinen auf und ab. Auf und ab. Auf und ab. Doch so viel er auch wippte und sich abzulenken versuchte, umso unerträglicher wurde es für ihn. Verwundert stellte er fest, dass sich die anderen Fahrgäste nicht an ihr zu stören schienen. Die Frau resümierte mit ihrer Gesprächspartnerin gar die vergangenen Jahre ihres Lebens. Er wusste sich nicht anders zu helfen, als ihr und den schweigenden Gutmenschen das Feld zu überlassen. Sie hatte gesiegt. Hastig räumte er seinen Schal und den Collegeblock in den Rucksack, warf sich seinen olivfarbenen Parker über die Schulter und stand schnaubend auf. So sehr mit dem Handytelefonat beschäftigt, bemerkte ihn die Frau nicht einmal, als er sie darum bat, ein wenig Platz zu machen. Wer nicht hören will, muss fühlen. Er schob sich breitschultrig an ihr vorbei.

Angekommen vor der Schiebetür des nächsten Abteils, nahm Jonas einen widerlichen Gestank wahr, dessen Herkunft er nicht zuzuordnen vermochte. Es war eine Mischung aus Schweiß und Alkohol. Er trat ein und war kurz davor, sich angesichts der Leere zu freuen, da bemerkte er etwas, das ausgebreitet über zwei Sitzen lag. Es war eine Jacke, aber sie sah aufgrund der vielen Schmutzflecken eher wie ein Tarnzelt aus. Vorsichtig bückte er sich, um sie genauer begutachten zu können. Da bewegte sich die Jacke schlagartig, sodass aus einer der beiden Taschen eine Geldbörse herausrutschte. Zudem kam ein kleiner Mann zum Vorschein. Er war so klein, dass man nur von der Statur her hätte denken können, er wäre noch ein Kind. Doch die Falten an den Augen und sein mit einem übergroßen Mund versehenes, bulldoggenartiges Gesicht ließen zweifelsfrei erkennen, dass er mindestens um die fünfzig Jahre alt sein musste. Der Gestank kroch eindringlich in Jonas' Nase.

Der Mann schaute Jonas für einen kurzen Augenblick an und übergab sich dann. Er spie inmitten des Abteils. Mit zwei Fingern hob Jonas die vom Erbrochenen verschont gebliebene Geldbörse auf und steckte sie ihm zu. Die Bulldogge grunzte nur kurz und wühlte sich wieder tief in ihren Unterschlupf. Angewidert drehte sich Jonas um und stiefelte den Gang entlang. Auf einmal vernahm er von hinten eine liebliche Stimme: »Junger Mann, mögen Sie nicht hierherkommen? Hier wäre noch ein Plätzchen frei. Ich würde mich über Gesellschaft freuen.«

Jonas überlegte und verharrte in seiner Position, als hätte er nichts gehört. Würde er bejahen, müsste er die restliche Fahrt – und es waren immerhin noch knapp zwei Stunden – bei einer geschwätzigen Dame sitzen, wo er sich doch auf das Schreiben konzentrieren wollte. Jedoch war verneinen überaus unhöflich, grübelte er. Reden ist Silber, Schweigen ist Gold. Er beschloss, schnell das Weite zu suchen, und huschte ins nächste, ihn rettende Abteil. Dort fand er direkt neben der Tür einen Sitzplatz. Ohne die anderen Fahrgäste zu beäugen, setzte er sich hin. Es war erfreulich ruhig und in der Hoffnung, dass es auch so bleiben würde, holte Jonas voller Tatendrang seinen nun zerknitterten Collegeblock aus dem Rucksack. Den letzten Satz las er sich noch einmal durch, nahm dann seinen mit Zahnabdrücken übersäten Kugelschreiber in die Hand und fing an zu schreiben. Die Stunden vergingen wie im Flug.

»Wir haben unseren Ziel- und Endbahnhof erreicht. Bitte alle aussteigen. Ausstieg in Fahrtrichtung rechts. Im Namen der Deutschen Bahn wünsche ich Ihnen noch einen schönen Montagabend.«

Noch bevor der Schaffner die Ansage auf Englisch wiederholen konnte, stieg Jonas aus und drängelte sich durch die Menschenmasse nach draußen. Es nieselte leicht und er zog sich die Kapuze seines Parkers über, der ihn schon jahrelang durch Sturm, Schnee und Eiseskälte begleitete, seitdem er ihn als Jugendlicher aus dem Nachlass seines Großvaters bekommen hatte. Um sein Gesicht vor dem Regen zu schützen, schaute er auf den Boden. Die Pfützen reflektierten das pfirsichfarbene Licht der untergehenden Sonne. Eine Frau mit langen, bunten Gewändern und einem Kleinkind auf dem Arm fragte ihn nach Geld, was er emotionslos verneinte. Beim Weggehen zischte sie ihm unverständliche Laute hinterher.

Eilig sprang er in die vor dem Bahnhof haltende Straßenbahn. Sie war älteren Baujahrs und wäre in einer wohlhabenden Stadt wahrscheinlich schon längst ausgemustert worden. Während er sich auf einen der freien Plätze fallen ließ, fragte er sich, warum Sitzbezüge in öffentlichen Verkehrsmitteln immer mit so hässlichen Mustern verziert waren. Der klebrige Dreck, in den er sich unwissentlich gesetzt hatte, beantwortete seine Frage. Am Fenster zogen viele alte, aufwendig verzierte Fachwerkhäuser vorbei. Da die Fahrt nicht lange dauern würde, schrieb er nicht weiter, sondern beobachtete verträumt den sich in der Seitenscheibe spiegelnden Vordermann und dachte über dessen Leben nach.

Wie wohl so ein normaler Tag bei ihm aussieht? Wartet zu Hause jemand auf ihn? Was sind seine Träume, Wünsche und Geheimnisse?

Des Öfteren verlor er sich in diesen Gedanken, weshalb er schon einmal die Haltestelle verpasst hatte. Dieses Mal nicht. Vor einem großen Mietshaus stieg er aus. Jonas war an seinem Ziel angekommen: sein Zuhause, das er jedoch niemals so nannte. Er lebte allein. Das erste Mal ohne den Zwang, der einen im Kindsein begleitet, dafür auch ohne die Fürsorge. Und so war sein Leben äußerst spartanisch, wenngleich selbstbestimmt. Gleich nachdem er seine Wohnung betreten hatte, holte er seinen Collegeblock heraus und warf seinen Rucksack auf den Boden. Er ließ sich auf eine Matratze fallen, die in einer Ecke des Zimmers lag und sein Bett darstellte, und begann, eifrig die nächsten Seiten zu füllen.

Bis in den frühen Morgen schrieb er und wachte erst durch das schrille Klingeln seines alten Haustelefons auf. Nicht, dass er besonderen Wert auf Vintage legte, er hatte es kostenlos von seinem Vormieter übernommen. Noch schlaftrunken nahm er den Hörer ab, wobei ihm sogleich ein Schwall geschriener Vorwürfe entgegenschoss.

»Wo bleibst du denn? Bist du echt zu blöd, einmal pünktlich zu kommen? Meine Güte, beweg deinen Arsch jetzt hierher, sonst kannst du sehen, wo du bleibst. Das ist deine letzte Chance!«

Sein Chef. Jonas bejahte nur kurz und legte ohne Verabschiedung auf. In Momenten wie diesen trauerte er seiner Stelle als Kurierfahrer nach. Da hatte er sich die Zeit selbst einteilen können. Er lieferte auf dem Fahrrad

Medikamente an Senioren aus, die nicht mehr in der Lage waren, das Haus zu verlassen, und niemanden hatten, der sie ihnen bringen konnte oder wollte. Irgendwann jedoch kündigte er wie so oft. Danach arbeitete er mal hier und mal da. Ein paar Wochen lang schrieb er für ein Klatschblatt Horoskope, schuftete ein paar Tage lang in einer Verpackungsfirma und in dem Lager eines Möbelhauses. Als er einmal knapp bei Kasse war, versuchte er, selbstgeschriebene Gedichte zu verkaufen. Zwei Stück wurde er los – an seine Mutter und eine Kommilitonin. Welcher Job auch immer, er hatte nie lange durchgehalten. Sein jetziger bildete die Ausnahme.

Er lief aus der Wohnung. Im Hausflur versperrten ihm Kinderwagen den Weg. Die Straßenbahn fuhr gerade davon. Also holte er einen Schlüssel aus der Tasche, um sein Fahrradschloss zu öffnen. Es diente, wenn überhaupt, nur noch zur Abschreckung, da es so verrostet war, dass es von jedermann mit ein wenig Anstrengung aufgebrochen werden könnte. Die Kette hätte mal wieder geölt werden müssen, bemerkte Jonas beim Fahren unter Knacken und Krächzen, was die Aufmerksamkeit einiger amüsierter Spaziergänger auf sich zog.

Als er das wohl älteste und hässlichste Gebäude der Stadt erreicht hatte, stieg er ab. Der Putz bröckelte von der Fassade und der einzige Farbtupfer dieser dunkelgrauen Bauruine war das neongrün leuchtende Reklameschild der *Dean's Bar*. Es lag in einem Industriegebiet, in dem nicht mehr viel los war, seitdem die meisten Firmen ihren Sitz nach Osteuropa verlagert hatten.

Sein Fahrrad stellte er in den Hinterhof und ließ es dort unabgeschlossen stehen. Er musste sich an überfüllten Mülleimern und hohen Bergen an leeren Getränkekisten vorbei zum Hintereingang zwängen, der früher einmal ausschließlich als Notausgang gedacht war. Die Tür war nur angelehnt und ein ähnlich ekliger Geruch wie der am Tag zuvor stieg seine Nase hoch. Eigentlich war er diesen Gestank gewohnt und doch schien er ihm dieses Mal stärker als zuvor.

»Na, alter«, brummte ihn sein dickbäuchiger Arbeitskollege Frank an, der sich eine Handvoll von den auf dem Tisch stehenden Erdnüssen in den Rachen warf.

»Der Chef ist schon weg. Er war echt scheiß sauer, weil du wieder nicht pünktlich warst. Ich habe ihm gesagt, dass du bestimmt gleich auftauchst, aber er wollte dich trotzdem anrufen. Tut mir leid, ey.«

Seine für das große Gesicht viel zu kleinen Augen blickten Jonas schüchtern an. Frank wischte seine verschwitzten, salzigen Hände an seinem grauen T-Shirt ab, auf dessen Rückseite noch schemenhaft das ausgewaschene Logo einer Heavy-Metal-Band zu erkennen war. Frank wollte Jonas gerade auf die Schulter klopfen, als er nur abwinkte und zu einem der Tische ging. An dem saß ein alter Mann, der, seinen Kopf aufgestützt, in ein leeres Bierglas schaute, als suchte er dort etwas. Jonas zeigte auf das Glas und der Mann nickte zustimmend mit dem Kopf. Nachdem Jonas ihm ein neues Bier gebracht hatte, seufzte der Alte und legte ihm einen großen Haufen brauner Geldmünzen hin.

»Das ist mein letztes«, sagte er.

Jonas schob ihm das Geld zurück und lächelte so gut er konnte. Er ging zurück an den Tresen und wollte gerade seinen Collegeblock aus dem Rucksack holen, als ihm auffiel, dass dieser noch in seiner Wohnung lag. Und so verschwand er rasch und doch leise aus der Hintertür, sodass ihn Frank, der noch immer an der Bar saß und die Snacks für die Gäste hinunterschlang, nicht bemerkte.

Daheim stürzte er sich auf den Collegeblock und fing an, die Seiten mit Tinte zu füllen. Minuten vergingen. Stunden vergingen. Schon das Ende der letzten Seite erreicht, vermochte Jonas nicht den Stift wegzulegen. Er grübelte. Dann, kurz vor 23 Uhr, schrieb Jonas den letzten Satz nieder. Erleichtert und völlig erschöpft, ließ er den Stift herabsinken und betrachtete die kahle graue Wand vor sich.

Er hatte es geschafft. Innerhalb von nur zwei Tagen schrieb er die Hausarbeit »Intermedialität – Interpendenz zwischen Literatur und Film« nieder. Obwohl er bereits seit einigen Semestern Buchwissenschaften studierte, war dies seine erste vollendete Ausarbeitung. Sie stellte die Prüfungsleistung in dem Seminar «Das Reisemotiv in der neueren deutschen Literatur« dar, das er bei seiner Lieblingsdozentin belegte.

Er hatte das Reisen immer gemocht. Eine zehntägige Zugfahrt mit seinem Vater durch Sibirien war seine erste richtige Reise gewesen. Trotz der Fotos in seinem Album wirkten die Erinnerungen daran weit entfernt.

Seine Veranstaltungen wählte er nicht nach Creditpoints aus, sondern nach Interesse, wobei dieses Mal nicht das Thema ausschlaggebend gewesen war.

Zwar hatte er sich bei der Hausarbeit den Großteil seiner wenigen Quellennachweise ausgedacht und ausschließlich einfließen lassen, was er vor einiger Zeit in einem Feuilletonartikel gelesen hatte, doch von einer Kommilitonin wusste er, dass die wenigsten Dozenten mehr als die Einleitung und den Schluss begutachteten. Und bei diesen reichten meist schöne Phrasen und große Worte aus. So beließ er es dabei, die Fakten noch einmal zu überprüfen, und legte das zwanzigseitige Bündel Blätter beiseite. Er hatte Glück, dass ihn die Dozentin mochte und ihm erlaubte, die Hausarbeit mit der Hand zu schreiben. Als er sie in der letzten Stunde des Semesters auf dem Weg zur Tür danach gefragt hatte, hatte sie bloß gelächelt und genickt. Ihr Blick hatte dabei etwas Eigenartiges, was ihm noch Tage darauf im Kopf geblieben war.

Mühelos hätte er die Arbeit per Post schicken können, wenn er nur frühzeitig fertig geworden wäre, aber so musste er zu ihrem Büro auf dem Campus fahren, der am anderen Ende der Stadt lag. Er warf sich einen Pfefferminzbonbon ein, den er in einem der hintersten Winkel seiner Hosentasche fand, und begab sich auf den Weg. Er hatte nicht mehr viel Zeit, wollte er noch die Frist einhalten, weshalb er, fast über die Treppen und die im Flur stehenden Kinderwagen stolpernd, nach draußen hastete.

Er glaubte, sie hätte die Drohung, um Punkt Mitternacht ein letztes Mal in ihren Briefkasten am Büro zu schauen, nur als Warnung für die Erstsemester ausgesprochen und läge wie jeder andere Mensch zu dieser Zeit bereits im Bett; doch insgeheim hoffte er, dem wäre nicht so, denn damit bekäme er die Möglichkeit, sie noch einmal außerhalb des alltäglichen Universitätsbetriebes in einem nächtlich intimen Moment zu Gesicht zu bekommen. Bereits vor einigen Wochen hatte es einen solchen gegeben, mitsamt einem Kuss. Ein Kuss zwischen ihm und seiner Dozentin. Seitdem hatten sie darüber kein einziges Mal gesprochen und es wirkte so, als hätte er nie stattgefunden. Doch für Jonas hatte er das definitiv.

Während er auf seinem krächzenden Drahtesel durch die Dunkelheit fuhr, polterten allerlei existenzielle Fragen durch seinen Kopf, die ihn normalerweise nur abends im Bett heimsuchten: Wer reitet so spät durch Nacht und Wind? Werde ich mal Vater? Habe ich mal ein Kind? Die Fragen sprangen von einer Gehirnhälfte in die andere, immer wieder, sodass er Mühe hatte, das Gleichgewicht zu halten.

Vor dem Gebäude der Fakultät sah er den roten Citroën seiner Dozentin, dem er bereits das eine oder andere Mal heimlich nachgesehen hatte. Tatsächlich: Es war keine leere Drohung gewesen. Sie war dort, um die Hausarbeiten einzusammeln. Er fuhr mit seiner Hand durch seine verschwitzen Haare und kratzte sich am Kopf. Was sollte er sagen, wenn er sie um diese Uhrzeit allein vor ihrem Büro traf?

»Guten Abend, Frau Rotheld. Entschuldigung für die verspätete Abgabe, aber noch ist sie ja in der Frist. Schlafen Sie wohl.« – Natürlich nicht. Sowieso sagt niemand mehr »Schlafen Sie wohl«. Er müsste persönlicher werden und sie in ein Gespräch verwickeln.

Doch er wusste, dass er dabei schon oft gescheitert war und erinnerte sich nur zu gut an die zahlreichen Rücken der Mädchen, die ihm zugedreht wurden, als er sie in den hiesigen Studentenclubs anzusprechen versucht hatte.

Aber ein Kuss bedeutet doch etwas, dachte er. Also nahm er seinen ganzen Mut zusammen, jedenfalls das bisschen, das ihm nach all den gescheiterten Versuchen des Kennenlernens übrigblieb, und ging in Richtung Eingangstür der Fakultät. Da sah er, dass in ihrem Wagen Licht brannte. Verwundert schaute er auf die Uhr: Es war fünf nach zwölf. Die Frist war abgelaufen. Er hatte es nicht mehr rechtzeitig geschafft.

Helenas Handy vibrierte zum dritten Mal und sie deaktivierte den Alarm.

»Berti, ich bin gleich wieder zurück. Ich fahre nur schnell in die Uni, um die Hausarbeiten abzuholen.«

Bertold zupfte seinen Rollkragenpullover zurecht und musste schmunzeln: »So willst du raus?«

»Wieso nicht? Ich werde jetzt nicht extra duschen.«

»Aber Lippenstift? – Naja. Ich dachte, es sei ein Scherz von dir gewesen, als du meintest, die Frist um Mitternacht anzusetzen. Das macht doch kein Mensch.«

»Da hast du Unrecht, mein Schatz. Wie du eigentlich wissen solltest, verfuhr Madame Mathieu auf gleiche Weise.«

»Du und deine Frau Mathieu. Man könnte meinen, du wärst nach wie vor eine ihrer Studentinnen. – Nimm doch meinen Wagen, er ist vollgetankt.«

»Gern. Dann kann ich mir den Weg zur Tankstelle sparen.«

Helena stellte den Kragen ihres hellblauen Mantels auf, nahm sich einen der Limonenbonbons, die ihr Mann Bertold eingekauft hatte, obwohl sie ihm schon zig Mal gesagt hatte, der Geschmack erinnere sie an Spülmittel, und schritt zur Tür. Fast vergaß sie die Autoschlüssel, hätte ihr Bertold nicht hinterhergerufen: »Liebling, pass bitte mit deinen spitzen Absätzen auf. Nicht, dass sich in der Fußmatte Löcher bilden. Der Wagen ist nicht einmal acht Wochen alt.«

Sie stöhnte laut, aber gerade noch so leise, dass Bertold es nicht mitbekommen hatte, und stieg auf den Fahrersitz ihres alten Citroëns. Beim Verlassen des Parkplatzes glänzte unter dem schummrig gelben Licht ihres Wagens der schwarze Lack des neuen Audis. Sie wollte ein Zeichen setzen und damit einen der fast wöchentlichen Versuche starten, Bertold seine pingelige Art aufzuzeigen. Als sie einige Meter gefahren war, musste sie daran denken, wie oft er sie dazu drängen wollte, sich auch nach einem neuen umzuschauen, da ihre Umweltschleuder nicht mehr zeitgemäß wäre. Außerdem sei das Selective Yellow bestimmt nicht mit dem EU-Recht konform, sagte er immer.

Aber sie mochte ihren *Chéri*, weil er sie an die Zeit in Frankreich erinnerte, wo sie ihn von einem damaligen Freund – mehr oder weniger – geschenkt bekommen hatte. Diese Erinnerung verewigte sie in den Endstellen ihres Kennzeichens: *FR–81*. Zwar fuhr der Wagen mehr schlecht als recht, so lange er sie allerdings von A nach B brachte und das Kassettenlaufwerk funktionierte, war sie zufrieden. Sie legte Édith Piafs *l'Hymne à l'amour* ein, kurbelte das Fenster herunter und spuckte den kaum gelutschten Bonbon in den Fahrtwind. Das Benzingeld bezahlte sie aus der Gemeinschaftskasse, auch wenn das bedeutete, dass sie mit Bertold später darüber diskutieren musste, wieso sie nicht den Audi genommen hatte. Er hatte die Finanzen genau im Blick und überprüfte akribisch jede Transaktion des Bankkontos.

Das Universitätsgelände war wie ausgestorben, weshalb sie ihren Wagen großzügig auf zwei Parkplätzen abstellte. Sie ließ ihren Mantel auf dem Rücksitz liegen, auch wenn sie nur einen ausgewaschenen Kapuzenpullover trug, mit dem sie sich sonst niemals außerhalb ihrer Wohnung gezeigt hätte. Mit den hohen Stilettos, dem langen Batikrock und dem dazu völlig unpassenden Oberteil sah sie aus wie eine der Biologie-Erstsemestermädchen, die verzweifelt versuchten, sich für den ersten Tag in der Uni sowohl sexy elegant als auch locker leger zu kleiden.

Es war erst viertel vor zwölf. Daher hatte Helena noch genügend Zeit, eine Zigarette vor der Eingangstür zu rauchen. Sie musste nur aufpassen, dass der Rauch nicht zu stark in ihre Kleidung einzog, damit sie sich von Bertold zu Hause nicht wieder eine Standpauke anhören musste. Sie rauchte nicht oft, nur ab und an, wenn ihr danach war. Und heute Abend wollte sie. Genüsslich zog sie an dem Glimmstängel und blies den Rauch in die kalte Abendluft. Mit den letzten Zügen versuchte sie Rauchringe zu formen und scheiterte kläglich.

Zu ihrer Schulzeit hatte sie damit anerkennende Blicke ernten können, heutzutage würde sie höchstens ein mitleidiges Lächeln hervorrufen. Ihre beste Freundin Susanne, mit der sie heimlich die Pausen in der abgelegenen Raucherecke verbracht hatte, war nun einer dieser vegan lebenden, yogamachenden Sportjunkies. Nicht aus ethischen, sondern aus gesundheitlichen Gründen. Sie aß nur das, was ihrem Kopf schmeckte, nicht das, wonach sich ein Körper sehnte. Damals war sie die Schwester gewesen, die Helena nie gehabt hatte. Nun lebte sie auf einem kleinen Bauernhof auf dem Land und sie sahen sich nur selten. Susanne hätte ihr die Zigarette noch während des Anzündens aus dem Mundwinkel gezerrt und zerbrochen. In Momenten wie diesen vermisste sie die alte Zeit.

Helena schnippte den Kippenstummel tief in das dichte Gebüsch neben sich, sodass ihn auch bei Tage niemand sehen könnte, denn der Campus wurde gewissenhaft von dem verschroben dreinblickenden Hausmeister Willy Wo – wieso ihn alle so nannten, wusste sie nicht – sauber gehalten und mit ihm wollte sie keine Probleme bekommen. Auch wenn sie sich nicht im Klaren darüber war, wieso der Zigarettenstummel ein Hinweis auf sie sein sollte, siegte ihre irrationale Besorgnis. Diese hatte sie bereits häufiger heimgesucht.

Als Bertold vor einigen Jahren abends häufig länger auf der Arbeit geblieben war, hatte sie abermals dieses Gefühl der Angst beschlichen. Daher entschied sie sich – ohne dass sie eine große Wahl gehabt hätte, weil nicht mehr der Kopf, sondern das Herz sie leitete – ihm nach Feierabend heimlich einen Besuch abzustatten. Am besagten Abend fuhr sie mit dem Fahrrad zu seinem Architekturbüro, das unweit ihrer damaligen Wohnung lag, und hockte sich vor das mit Gardinen behangene Fenster im Erdgeschoss. Ihr Herz pochte so stark, dass sie das Gefühl hatte, jeden Moment zu kollabieren. Sie lugte unauffällig in das Großraumbüro und sah das, wovor sie sich am meisten gefürchtet hatte.

Nur Bertold und eine Frau – wenn sie überhaupt schon volljährig war. Sie saßen gemeinsam vor einem ausgeschalteten matten PC-Bildschirm und unterhielten sich amüsiert. Sofort fühlte sich Helena in ihrer Angst bestätigt. Sie verharrte mehrere Stunden lang in dieser Position und beobachtete argwöhnisch jede ihrer Bewegungen. Zwar saßen sie sich bedrohlich nahe, doch war keine einzige Berührung zwischen Bertold und dem Mädchen zu erkennen. Kurz nach 22 Uhr wurde das Mädchen von einer anderen jungen Frau abgeholt. Die beiden begrüßten sich mit einem leidenschaftlichen Kuss und verließen händchenhaltend das Büro in Richtung Parkplatz. Und so zog Helena mit einem Bauch voller Scham von dannen. Sie hatte Bertold nie von dieser Nacht erzählt.

Helena öffnete mit einem lauten Ruck die Eingangstür der Fakultät, die zu jeder Tages- und Nachtzeit geöffnet war. Das hatte die Fachschaft vor einigen Jahren erkämpft, um einen 24-Stunden-Lernbereich anzubieten, den nun kaum einer nutzte; mit Ausnahme einiger panischer Studenten zu Beginn der Klausurenphase. Das Licht ging automatisch an. Der Flur roch muffig. Bertold hätte jetzt eine Rede über die krebserregenden Ausdünstungen des PVC-Bodens gehalten. Mit lautem Klackern stöckelte sie den menschenleeren Flur entlang, vorbei an Postern, Vitrinen mit Büchern und Wohnungsgesuchen.

»Suche Wohnung mit mindestens 50m² für maximal 300 Euro warm« – Sie konnte sich ein Schmunzeln bei solch naivem Optimismus nicht verkneifen und erinnerte sich an ihre erste Wohnung.

Diese war nicht einmal halb so groß wie die Gesuchte gewesen. Ein Zimmer, Küche, Bad. Sauber, aber klein. Hell, aber anstrengend. Es war eine Dachgeschosswohnung mit einem einzigen Fenster. Die Wohnung lag im fünften Stock ohne Aufzug. Nach einem halben Jahr hatte sie strammere Waden als Lance Armstrong zu seinen besten Zeiten. Und das ohne Doping. Jedenfalls ohne illegale Substanzen, denn Koffein und Nikotin waren unerlässlich für sie. 400 Euro warm. Eigentlich war die Wohnung zu teuer. Die eine Hälfte wurde von ihren Eltern finanziert und die andere klaubte sie mit Nebenjobs zusammen. Bei dem Wohnungsmarkt war sie froh gewesen, überhaupt eigene vier Wände zu besitzen.

Sie kam am erst kürzlich errichteten Anbau vorbei. Für eine neue Bibliothek war kein Geld vorhanden gewesen, für ein neues Forum und zahlreiche Einzelbüros schon. Beim Vorbeigehen schaute sie verträumt auf eine der Bürotüren. An ihr war das Namensschild eines Doktors befestigt. Was sich für eine große Geschichte hinter solch einem kleinen Schildchen verbirgt, grübelte sie. Ein Mensch, der dreizehn Jahre lang zur Schule ging, der fünf Jahre studierte und mindestens ebenso lange promovierte. Eine jahrelange Anhäufung von Wissen für ein paar Worthülsen.

Leicht tänzelnd ging Helena weiter zu ihrem Büro, an dessen Tür ein Plakat für einen Workshop angebracht war, den sie in ihrer Freizeit anbot. Sie leerte den Briefkasten und hielt sieben Exemplare in ihren Händen. Ihre Augen scannten die Namen und sie wunderte sich, dass Jonas' Arbeit nicht dabei war. Er hatte sie doch extra gefragt, ob er die Hausarbeit per Hand schreiben dürfe. Irgendwie hatte sie sich darauf gefreut, was sie sich nicht wirklich erklären konnte. Vielleicht weil es etwas anderes war, ein handgeschriebenes Wort vor sich zu haben als das immer gleiche *Times New Roman* oder *Arial*. Bereits in ihrer Zeit als Studentin hatte sie eine Vorliebe für ausgefallen Schriftarten entwickelt. Leider würdigten die meisten Menschen – besonders ihr Deutschlehrer aus der Oberstufe – ihre Kreativität bei der Schriftartenauswahl nicht so, wie sie es sich gewünscht hätte. Sie grinste.

✧

Es hatte zu regnen angefangen. Jonas setzte sein charmantestes Lächeln auf und klopfte vorsichtig an das leicht heruntergekurbelte Fenster der Beifahrerseite.

»Oh mein Gott, Jonas!«, schrie Helena und sein Gesicht wurde leichenblass.

»Wieso erschreckst du mich so, verdammt nochmal?«

Jonas bekam kein Wort über die Lippen und blickte reumütig in das Wageninnere.

Schlagartig wurde Helena ihre patzige und unangebrachte Ausdrucksweise bewusst: »Verzeihung. Mir ist das Herz in die Hose gerutscht. Und ich bin noch immer ein wenig, wie soll ich sagen, geschockt. Also, Jonas, was gibt es?«

»Guten Abend, Frau Rotheld. Ähm. Ich bitte erstmal vielmals um Entschuldigung. Eigentlich. Ich wollte, ich wollte... Äh... gerade einwerfen. Und da. Äh.«

Helena wäre aus ihrem Wagen gestiegen, hätte sie nicht dieses unvorteilhafte Outfit angehabt, weshalb sie in der Hoffnung, im Halbdunkel der Wageninnenbeleuchtung nur schemenhaft zu erkennen zu sein, sagte: »Komm, steig ein. Dann kannst du es mir in Ruhe erklären und wirst nicht nass.«

Jonas öffnete behutsam die Beifahrertür und versuchte, ohne ihr den Rücken zuzuwenden, sich halbwegs galant auf den Sitz gleiten zu lassen. Dabei sah er nicht, dass er sich auf rote, im Polster eingezogene Flecken setzte. Vor Schreck hatte er einen seiner häufig vorkommenden Schweißausbrüche gehabt, sodass sein Shirt und der olivfarbene Parker vor allen Dingen im Rückenbereich wie eine zweite Haut an seinem Körper klebten. Er wischte sich die nassen Haarsträhnen von der Stirn und bemühte sich, es aussehen zu lassen, als würde er sich überlegend am Kopf kratzen. Helena bemerkte dies.

»Nun Jonas, was führt dich zu so später Stunde hierher?«, fragte Helena, obwohl sie den Grund dafür kannte. »Die Hausarbeit?«

»Ja, Frau Rotheld«, antwortete Jonas mit einem kräftigen Schlucken. »Ich habe die letzten Tage wirklich nichts anderes getan, als zu schreiben. Jede freie Minute. Und da habe ich völlig die Zeit vergessen. Könnten Sie meine Arbeit trotzdem noch annehmen, auch wenn die Frist schon vorbei ist? Bitte. Das wäre sehr nett.«

Er strich mit seiner rechten Hand unsicher über das Deckblatt der Hausarbeit, die auf seinem Schoß lag, und blickte verlegen auf die durch seine Schuhe verdreckte Fußmatte.

»Ausnahmsweise«, sagte Helena und bemühte sich streng zu klingen. Wie hätte sie »Nein« sagen können, wenn sie selbst jeden Termin und jede Frist nur mit Hilfe der Erinnerungsfunktion ihres Handys einhalten konnte?

Jahrelang hatte sie sich erfolgreich gegen diesen neumodischen Schnickschnack gewehrt, bis ihr Bertold zum vierunddreißigsten Geburtstag ein *iPhone* schenkte. *Scheiß-Phone*. Sie mochte es nicht. Das Teil lag drei Wochen lang unberührt in seiner Verpackung. Eines Morgens in einem Anflug von unüberlegtem Enthusiasmus bat sie Bertold, ihr das Ding fertig zu machen.

»Fertig machen? Das Einrichten auf deine individuellen Vorlieben kann Stunden dauern. Aber für dich mache ich das gerne, mein Schatz«, hatte Bertold gespottet.

Da hatte sie den Salat, den Obstsalat. Fortan musste sie es benutzen, um Bertolds Bemühung wertzuschätzen. Zu ihrem Missfallen wurde aus der ungeliebten Beziehung so etwas wie Abhängigkeit: Erinnerungsfunktion, Wetternews, schnell etwas googlen. Am meisten hasste sie, dass sie anfing, das Teil zu mögen. Und ein paar Wochen später hatte sie sich dabei erwischt, wie sie überlegte, eine im Schaufenster liegende, zwanzig Euro teure Handyhülle, auf die der Eiffelturm gedruckt war, zu kaufen.

Erleichtert atmete Jonas aus und schob ihr ungeschickt die mit einer Heftklammer zusammengehaltene Hausarbeit über seinen Schoß zu, sodass sich das hintere Drittel löste und in den verdreckten Fußraum fiel. Noch bevor er sich überschwänglich entschuldigen konnte, ertönte die französische Nationalhymne. Die Melodie, die ihr Bertold scherzhaft als Klingelton eingestellt hatte, verlieh der Situation etwas Förmliches und zugleich Urkomisches, wodurch sowohl Helena als auch Jonas plötzlich zu kichern anfingen. Es war, als würde ein kiloschweres Gewicht von ihren Körpern fallen, das zuvor all ihre Bewegungen erschwert hatte.

Liebling stand auf dem Display. In einer nahtlos ineinander übergehenden Bewegung entschuldigte sie sich zuerst mit einem Kopfnicken bei Jonas und nahm dann in leicht nach vorne gebeugter Haltung den Anruf an. Dabei bemerkte Jonas die zersprungene Rückseite des Handys.

»Hallo, was gibt es? Ich bin momentan noch auf dem Campus. – Ja, danke für die Erinnerung. Ich weiß. Ich mache den Bewegungsmelder noch aus, damit auch ja kein einziger Cent für die herumstreunenden Nachbarskatzen verschwendet wird. Schlaf gut.«

Bertolds Art brachte sie des Öfteren zur Weißglut, was sie jedoch in diesem Moment erfolgreich zu unterdrücken vermochte. Privates und Berufliches gehören getrennt. Sie rollte nur kurz mit den Augen. Jonas antwortete ihr mit einem mitleidigen Schulterzucken. Sie legte auf.

»So. Verzeihung nochmals. Natürlich nehme ich deine Hausarbeit auch jetzt noch an, sofern du denn in der Lage bist, sie mir zu geben«, feixte Helena.

Jonas hob die lose Blattsammlung auf, wischte mit dem Handrücken die entstandene Verschmutzung weg und gab sie Helena. Dabei wanderte sein Blick von ihren freiliegenden Knöcheln über den Batikrock und den Pulli bis hin zu ihrem dezent geschminkten, leicht müden Gesicht. Ihm fielen ihre zarten Augenfältchen auf, die er mochte und von denen er nicht wusste, dass Helena sie seit Jahren vergeblich mit Mandelöl zu beseitigen versuchte. Wenn sie lachte, kamen sie erst richtig zur Geltung.

»Danke«, sagte er und drehte seinen Kopf in Richtung Seitenscheibe.

Er machte keinerlei Anstalten, aussteigen zu wollen, und beobachtete zwei Regentropfen, die ineinanderliefen und sich zu einem großen vereinten. Nach einer Zeit wirkte der an der Fensterscheibe klebende Regen wie eine künstlerische Schraffur. Helena beäugte Jonas. Sein gelocktes schwarzes Haar schimmerte im Halbdunkel der schwachen Innenbeleuchtung. Ihr Kopf war voller wirrer Gedanken. Sie dachte an Bertolds Geheimratsecken, die in den letzten Jahren unübersehbar geworden waren, an die

Bretagne, wo es aufgrund des Westwinds und den damit verbundenen feuchten Luftmassen des Atlantiks häufig regnete, und an den Kuss, an den Kuss mit Jonas vor einigen Wochen. Es war still und man hörte das leise Pochen der Regentropfen auf dem Schiebedach.

»Jonas, ich muss so langsam los.«

Er wollte sie nicht gehen lassen und er fühlte sich selbstsicherer als sonst. Bislang endeten seine Kennenlernversuche bei Mädchen meistens, wenn er sie fragte, wie sie heißen, und ihnen die Hand reichte. Wenn er nicht gleich einen Rücken sah, war »Entschuldige mich kurz« eine oft gehörte Antwort und sie verschwanden auf die Toilette, von der er manchmal glaubte, sie wäre das Bermudadreieck. Vielleicht lag es an seinen verschwitzen, warmen Händen, vielleicht am Händeschütteln überhaupt. Es schien nicht mehr zeitgemäß zu sein. Andere Menschen umarmten sich, auch wenn sie sich gerade erst kennengelernt hatten. Dieser enge Körperkontakt war ihm suspekt. Wie könnte man jemandem, den man nicht einmal richtig kannte, sein Herz an den Körper pressen?

Heute Abend war es anders. Helena war noch da. Und der Kuss hatte bewiesen, dass sie ihn mochte, was ihm Selbstvertrauen gab.

»Wohin? Jetzt gerade ist doch alles perfekt.«

Verdutzt schwieg Helena und rührte sich nicht, denn auch in ihr stellte sich ein behagliches Gefühl von Zufriedenheit ein. Und so saßen beide einige Minuten lang stumm nebeneinander.

»Wissen Sie was?«, durchbrach Jonas die Stille. »Es gibt Momente im Leben, die passieren einfach so. Ohne dass man sich jemals so einen Moment überhaupt vorgestellt hätte. Ich denke, das ist purer Zufall, nichts Vorbestimmtes oder so.«

»Ich weiß nicht«, entgegnete Helena. »Beruhigen würde mich das ungemein. So etwas wie Prädestination wäre beängstigend. – Ach, das knüpft ja fantastisch an unser Seminar an«, sie versuchte der Situation einen formellen Rahmen zu geben. »Gäbe es keinen Zufall, wäre das Leben ja bloß wie... wie eine Zugfahrt. Aber nicht als Lokführer, sondern als Passagier. Man steigt ein und fährt los. Man kann sich zwar im Inneren bewegen, dennoch hätte nichts von alldem, was man macht, wirklich Auswirkungen, denn der Zug fährt weiter nach Plan. Das einzige, was man auf der Reise selbst bestimmen kann, ist, wo man aussteigt. Ein bisschen wie in *Le Transperceneige*. Verstehst du, was ich meine?«

»Ich denke schon. Aber man könnte doch irgendwie versuchen, den Lokführer zu überwältigen und selbst zu steuern, oder? Man muss nur etwas tun, womit niemand rechnet. Lassen Sie uns was Verrücktes tun. Lassen Sie uns irgendwo hinfahren.«

Helena grübelte. Bilder schossen ihr durch den Kopf: von zu Hause, von Bertold, von den Limonenbonbons, von den Nachbarskatzen und dem Bewegungsmelder.

»Du hast recht, Jonas. Wie einer meiner Lieblingsautoren sagen würde: Spontaneität setzt Naivität oder Mut voraus. Also ja, manchmal muss man etwas Verrücktes tun.«

Sie drehte den Zündschlüssel um und fuhr los. Es lief Edith Piafs *Non, je ne regrette rien*. Jonas verstand kein Französisch.

✦

Die Augen geschlossen. Den Arm auf die andere Seite gelegt. Mit der Hand gesucht. Sie war nicht da. Vielleicht war sie nur kurz auf die Toilette gegangen? Doch das Bettlaken war kalt. Bertold öffnete verschlafen sein linkes Auge, mit dem er auf den schneeweißen Wecker schielte: Drei Uhr zeigten die roten Leuchtdioden an.

»Light on«, sprach Bertold und das Schlafzimmer erleuchtete in einem matten orangefarbenen Licht. Ein Smarthome sollte es einmal werden. Bislang ließen sich jedoch nur das Licht und die Kaffeemaschine per Sprachsteuerung bedienen. Jedoch genügte das für einen angenehmen Morgen, der ihm seit jeher das Wichtigste am Tage war. Aber um drei Uhr begann dieser für gewöhnlich nicht. Bertold stand auf, zog sich seine Trainingshose über und ging ins Badezimmer. Das helle weißliche Licht der Spiegellampe blendete ihn, weshalb er seine Augen zusammenkniff.

Er setzte sich auf die Toilette, spülte, drehte den Wasserhahn auf, trank einen Schluck und verließ den Raum, ohne auch nur einmal die Augen wieder geöffnet zu haben. Für Grundrisse hatte er einfach ein Gespür. Das lag nicht daran, dass das Haus rechteckig war und Helena und er schon über acht Jahre darin wohnten, sondern dass er sich bereits als kleiner Junge lieber mit dem Puppenhaus seiner Schwester als mit Spielzeugautos beschäftigt hatte. Ausmessen, abreißen, umbauen. Alle paar Wochen aufs Neue. Sein Leben war von Tag eins festgelegt: Abitur, Architekturstudium und die Firma seines Vaters übernehmen. Er fühlte sich wohl in seinem Leben. Und mit Helena hatte er eine gute Partie gemacht. Sie war ein Mädchen aus gutem Hause. Der Vater Anwalt, die Mutter Lehrerin. Mittlerweile hatte ihr Vater eine neue Frau, eine Rechtsanwaltsgehilfin.

Nachdem er wieder ins Bett gestiegen war, aktivierte er sein *iPhone* per Gesichtserkennung. Ein »Anruf in Abwesenheit« poppte auf. So spät in der Nacht? War es das Krankenhaus? Hatte Helena einen Unfall? Er hatte sie so oft vor dieser alten Klapperkiste gewarnt. Bitte nichts Ernstes, hoffte er. Vor fünf Jahren hatte er sie schon einmal nachts aus der Notfallambulanz abholen müssen.

Sie hatte sich den Fuß verstaucht, als sie zusammen mit einer Freundin ausgehen wollte. Wie früher, hatte sie gesagt. Helena und Susanne waren bei Eiseskälte angetrunken mit dem Fahrrad den Giersberg heruntergefahren. Susanne saß auf dem Sattel und Helena auf dem Gepäckträger. Doch schnell wurde aus der Abfahrt eine gefährliche Rutschfahrt und das vorbestimmte Übel nahm seinen Lauf.

So erzählte Bertold die Geschichte, wenn sie sich mit Freunden trafen und über die alte Zeit plauderten, was immer seltener vorkam. Bei Helena und Susanne klang sie amüsanter. Bertold mochte Susanne nicht besonders.

Sie hatten kaum mehr Verabredungen, da Bertold unter der Woche oft bis spät in die Nacht in der Firma blieb. Und am Wochenende war er meist zu müde und ausgelaugt, als dass er Lust gehabt hätte, seine schlabbrige Trainingshose gegen eine Jeans einzutauschen und die Kuhle, die sich an seinem Sofastammplatz gebildet hatte, zu verlassen.

Er hörte die Mailbox ab. Es war die Arbeit. Seine Sekretärin erinnerte ihn an das Meeting mit der neuen Firma um neun Uhr. Wenn mit Helena irgendetwas wäre, hätte sie sich längst gemeldet, glaubte er. Wahrscheinlich saß sie in ihrem Büro in der Universität und kontrollierte ein paar Hausarbeiten. Dieser Arbeitseifer wäre trotz später Stunde nicht ungewöhnlich für sie. Bertold stand wieder vom Bett auf und ging in den Flur. Der Mond warf ein kühles Licht hinein. Er musste auf Zehenspitzen gehen, denn er durfte nur sanft auf die quietschenden Holzdielen treten, um Amelie nicht zu wecken. Er schlich vor ihr Zimmer und spähte durch die halbgeöffnete Tür. Sie lag so friedlich da. Mit einem engelsgleichen Lächeln schlief sie auf dem Rücken, als wäre sie für einen Kinderbetten-Werbespot platziert worden.

Amelie war nicht unbedingt ein Wunschkind. Helena war sich nie sicher gewesen, ob sie einmal Kinder haben wollte. »Arbeit oder Familie« war ihr Dogma. Sie hatte hart für ihre Stellung in der Universität gearbeitet. Es war ein langer Weg dorthin gewesen. Während des Studiums hatte sie kaum Unterstützung gewollt, wenig von ihren

Eltern, gar nichts vom Staat. Ihre Eltern hatten ihren Dickkopf und den unbedingten Willen, auf sich gestellt zu sein, immer respektiert und bewundert. Irgendwann jedoch konnte Bertold sie von der Idee, ein Kind zu bekommen, überzeugen. Mit einem Kindermädchen funktioniert das schon, hatte er versprochen. Und er behielt recht. Trotz Kind konnte sie ihrer Arbeit weiterhin nachgehen.

Bertold gab Amelie behutsam einen Kuss auf die Stirn und tapste zurück ins Schlafzimmer. Er legte seinen Kopf auf das ergonomische Nackenstützkissen und schlief ein.

Der alte Citroën rauschte durch die Nacht vorbei an den weiß-roten Lichtstreifen der anderen Autos.

»Ich weiß, wohin wir fahren könnten. Am besten biegen Sie die zweite Straße da vorne links ab.«

»Gut, ich lasse mich überraschen«, jauchzte Helena, was ihr im Nachhinein peinlich war. Auch wenn sie keine Ahnung hatte, wohin die Autofahrt ging, fühlte sie sich frei. Frei in ihrem bloßen Dasein. Kein Bertold, der Befehle gab, keine Amelie, die Forderungen stellte. Nur sie. Und Jonas.

Nach zwanzigminütiger, von Jonas navigierter Fahrt kamen sie vor einer Bauruine, an der ein Werbeschild angebracht war, zum Stehen. Der Laden sah geschlossen aus, weshalb Helena verwundert fragte: »Was wollen wir hier? Du willst da nicht einbrechen, oder?«

Jonas lachte kurz und stieg dann wortlos aus dem Wagen. Obwohl weit und breit bloß längst geschlossene Büro- und Fabrikgebäude waren, drückte er die alte, verbeulte Autotür leise zu. Da die Straßenlaternen bereits ausgeschaltet waren, war es finster und nur die neongrünleuchtende Reklame warf einen schmalen Lichtkegel auf die Straße. Viele Frauen bekämen in Augenblicken wie diesen wohl ein mulmiges Gefühl, doch Helena verspürte keinerlei Angst. Für sie war Jonas kein Fremder.

Im Sommersemester vor einem Jahr hatte sie ihn das erste Mal in einer Vorlesung gesehen. Er saß in der vorletzten Reihe, hatte bloß ein Blatt Papier vor sich liegen und schrieb während des gesamten Vortrags kein einziges Wort nieder. Das war ihr im Gedächtnis geblieben.

Eine Woche später betrat er ihr Büro und bat darum, auch an ihrem Seminar teilnehmen zu dürfen, obwohl er die reguläre Anmeldefrist verpasst hatte. Weil ohnehin nur wenig Leute teilnahmen, willigte sie ein. Ohne Anwesenheitspflicht ließen sich viele Studenten nur bei Klausuren blicken. So hatte sie zwar wenig Teilnehmer, doch waren diese zumindest motiviert. Daher freute sie sich umso mehr über Jonas' Interesse. Über zwei Semester hinweg besuchte er jede ihrer Veranstaltungen, ohne dabei sonderlich aufzufallen. Er war physisch immer da, aber im Kopf schien er jedes Mal woanders zu sein. Helena mochte ihn dennoch, da er fleißig alle Hausaufgaben erledigte. Nur Klausuren und Hausarbeiten hatte er bislang nie mitgeschrieben. Bis zu dem Tag vor einigen Wochen war es eine normale Dozent-Student-Beziehung gewesen.

Bevor Helena ausstieg, zog sie den ausgewaschenen Kapuzenpullover aus. Darunter trug sie ein enges weißes Top. Es war kalt und sie trug keinen BH. Ihr kleines Schmetterlingstattoo, das sie sich nach dem Abitur auf das linke Schulterblatt hatte stechen lassen, kam zum Vorschein.

Jonas balancierte auf der Kante des Bürgersteigs, seine Arme ausgestreckt, um das Gleichgewicht besser halten zu können. Am Auto angelehnt, zündete sich Helena eine Zigarette an. Jede ihrer Bewegungen mit der Hand sah aus, als würde ein Glühwürmchen durch das Dunkel der Nacht tanzen.

»Los Jonas, sag schon. Was hast du vor? Ein so braver Junge wie du bricht nirgends ein.«

»Wenn Sie sich da mal nicht irren, Frau Rotheld…«, sie unterbrach ihn.

»Du darfst mich Helena nennen.«

»Oh, okay.«

Jonas ging mit einem verschmitzten Lächeln zur Hintertür und öffnete sie mit einem starken Ruck.

»Jonas!«, rief Helena mit einem herrischen Ton. Sie drückte den kaum gerauchten Glimmstängel an einem Laternenpfahl aus, lief zu ihm und legte ihre Hand auf seine Schulter.

»Du spinnst doch. Lass uns woanders hin. Ohnehin wirkt die Bar nicht sehr einladend.«

»Na komm…«, er korrigierte sich, da es ihm sichtlich unangenehm war, sie zu duzen, »kommen Sie schon. Ein kleines Bierchen ist wohl drin.«

Hierarchien ließen sich nicht so einfach beseitigen. Erst recht nicht nur durch Worte.

Er hielt ihr die Tür auf und sogleich strömte der muffige Ladengeruch nach draußen, der Helena nicht störte. Sie betrat den dunklen Raum.

»Dann hereinspaziert«, sagte Helena überzeugt und schob, ohne etwas von der Inneneinrichtung gesehen zu haben, sogleich hinterher. »Apropos *rein*, bei dem äußeren Eindruck erwarte ich im Inneren ein *Finale Berlin*.«

»Wie bitte?«

»Nur eine blöde Anspielung auf einen genialen, aber schauerlichen Roman von Heinz Rein.«

Jonas betätigte den Lichtschalter. Die alte Holzeinrichtung war zweifelsohne heruntergekommen, aber dennoch strahlte sie etwas Heimeliges, gar Gemütliches aus. Sie schaute sich um und sagte nach kurzem Zögern: »Es sieht wider Erwarten ganz nett aus. Anders als gedacht, vermittelt es eine schöne Vergangenheit.«

»Falls Sie es nicht schon geahnt haben, ich arbeite hier«, gestand Jonas.

Helena ließ die Aussage unbeantwortet, ging hinter den Tresen und nahm zwei Biere aus dem Kühlschrank.

»Dann wirst du ja wohl nicht geizig sein und ich kann mich bedienen. Prost, Jonas. Auf die Abenteuerlust.«

Noch bevor er selbst trank, betrachtete er Helena, wie sie ihren Kopf in den Nacken legte, die Augen schloss und genüsslich einen großen Schluck aus der Flasche nahm.

»Hast du schon mal daran gedacht, einfach wegzufahren und nie wieder zu kommen?«, fragte sie.

»Naja.«

»Vorausgesetzt, man hätte das nötige Kleingeld.«

»Das Dorf, aus dem ich komme, hat nicht mal dreihundert Einwohner. Also ist es hier definitiv besser.«

Um seine Aussage zu unterstreichen, schlug er mit der flachen Hand auf den Tresen. Durch die Erschütterung löste sich ein Regalbrett aus der Verankerung und krachte auf den Betonboden.

»Wie unangebracht«, witzelte Jonas.

Helena verschluckte sich vor Lachen an ihrem Bier und prustete eine halbe Wangenladung heraus, die auf ihrem weißen Top landete. Die Konturen ihrer Mamillen wurden sichtbar.

»Ach, Jonas.«

Die Ellenbogen abgestützt und den Kopf in den Händen liegend, stand sie hinter der Bar. Jonas saß auf dem Hocker davor. Er schaute ihr tief in die Augen. Sie schaute auf ihr Bier.

»Gibt es in deiner Bar etwa keine Musik? Oder erzählst du noch ein paar deiner Kalauer?«

»Lieber nicht. Was möchten Sie hören?«

»Deine Bar, deine Musik«, sagte sie trocken und trank in einem Zug ihr Bier leer.

Jonas ging zur Jukebox. Es war eine Wurlitzer aus dem Jahre 1968. Sie war das Glanzstück der sonst so abgewirtschafteten Inneneinrichtung. Jonas schaltete sie ein. Sie spielte Scott McKenzies *San Francisco*.

Helena starrte gedankenversunken auf die bunt blinkenden Lichter der Musikbox. Ihr kullerte eine Träne über die Wange, die Jonas nicht bemerkte, weil er sich die Titel der auswählbaren Lieder durchlas. Sie tanzte mit leisen Schritten im Takt der Musik zu ihm hin.

Als sie hinter ihm stand, hauchte sie ihm ins Ohr: »Danke für den schönen Abend.«

Er drehte sich zu ihr um. Sie standen sich direkt gegenüber. Sein Atem roch nach Pfefferminz. Trotz der Zigarette und des Bieres hatte sie das Gefühl, noch den bitteren Geschmack des Limonenbonbons auf der Zunge zu haben. Sie schloss ihre Augen und küsste ihn behutsam auf seine rauen Lippen.

Vorsichtig legte er seine Hände um ihre Hüfte. Sie ließ es geschehen. Ihre Küsse wurden intensiver und stärker. Sie presste ihre Lippen auf die seinigen. Wie eine Spinne ihre Beute umwickelt, so umschlang auch sie mit ihren dünnen Armen seinen Oberkörper. Sein Gesicht war in ihre langen, nach Talg riechenden Haare gedrückt. Sie schob ihn mit ihrem Körper an die Musikbox. Sie spürte ihn. Sie warf Jonas auf den kalten Betonboden. Er keuchte. Ohne den Knopf zu öffnen, zog sie an seiner Jeans und streifte sie ungelenk von den Beinen ab. Sie hob ihren Batikrock an. Vier Stöße, dann war es vorbei.

Die Gedanken wieder geordnet, sprang sie auf und stammelte: »Das, das hätte nie, niemals passieren dürfen. Es tut mir leid, Jonas.«

Sie stürzte durch die Hintertür hinaus ins Freie und atmete tief durch. Kein Wort der Verabschiedung. Hektisch lief sie zum Auto, riss die Fahrertür auf und stieg ein. Erst jetzt sah sie das Lichtstudio, das sich auf der gegenüberliegenden Straßenseite befand. Im Schaufenster war ein Sonderangebot für eine Lampe mit intelligentem Bewegungsmelder ausgestellt. Sie verriegelte das Auto und warf einen Blick auf ihr Handy: Keine neuen Nachrichten. Ob dies ein gutes oder schlechtes Zeichen war, vermochte sie nicht zu deuten.

Mit achtzig Stundenkilometern jagte sie ihren Citroën durch die menschenleere Stadt. Die Morgendämmerung brach langsam herein und ihr Wagen rollte auf die Hofeinfahrt. Sie schlich an Amelies Zimmer vorbei und legte sich mucksmäuschenstill ins Bett. Es war, als würde man eine Feder fallenlassen, doch ihr Magen fühlte sich an, als hätte er Steine geladen. Bertold schlief fest. Aus ihrem Nachtschrank nahm sie eine Schlaftablette.

Sie träumte: Es war ein nebliger Winterabend und sie stand in ihrem Hochzeitskleid auf einem märchenhaften Turm. Auf der Fußspitze balancierend, drehte sie sich im Kreis. An ihr flog Amelie vorbei, die sie winkend begrüßte. Nacheinander kamen all ihre Verwandten und Bekannten, bis auf Bertold. Durch die immer schneller werdenden Drehungen verlor sie das Gleichgewicht und stürzte herab. Sie fiel in die Arme eines Mannes. Als sie in dessen Gesicht blickte, erschrak sie und wachte auf.

Ein Kaffeeduft kitzelte Helenas Nase. Die Sonnenstrahlen krochen durch die schmalen Jalousieritzen. Sie hörte das rhythmische Glucksen der Kaffeemaschine und das Klirren von Geschirr. Die Glieder streckend, realisierte sie, wo sie war: Zu Hause. Das Haus, in dem sie seit Jahren mit ihrer kleinen Familie lebte. Doch trotz der gewohnten Sinneseindrücke, schien es ihr an diesem Morgen fremd zu sein, denn es verströmte eine kalte Strenge, die sogleich verpuffte.

»Guten Morgen, Liebling. War es spät gestern? Amelie ist schon im Kindergarten. Ich muss erst in einer halben Stunde los. Frühstücken wir noch zusammen?«, fragte Bertold, der in der Türzarge stand.

Als spräche nicht sie selbst, sondern jemand, der so klang wie sie, ertönte die Antwort: »Tut mir leid, ich fühle mich nicht so und werde mir heute freinehmen. Sei mir nicht böse, wenn ich noch ein Weilchen liegen bleibe.«

»Schade. Dann ruh dich aus. Bis heute Abend.«

»Danke. Bis dann.«

Sie wälzte sich im Bett umher, ohne wieder einzuschlafen. Irgendwann stand sie auf. Ihre Knie waren zittrig, ihr Mund trocken und der Kopf verloren. Mühsam und langsamen Schrittes schlurfte sie in die Küche.

»Guten Appetit« stand auf einem gelben über der Kaffeemaschine geklebten Post-it. Der Küchentisch war noch gedeckt. Um die Brötchen warm zu halten, waren sie sogar in ein Geschirrtuch gewickelt. Bertold mochte das eigentlich nicht, da sich so Keime ausbreiteten könnten, meinte er. Sie setzte sich nicht auf ihren Stammplatz, sondern auf Amelies, schmierte sich ein Marmeladenbrötchen und biss hinein. Obwohl es ihre morgendliche Leibspeise war, schmeckte es ihr nicht. Den Rest warf sie in den Mülleimer. Damit Bertold es später nicht sehen konnte, deckte sie die oberste Abfallschicht mit einem Küchentuch ab. Ihre Beine waren wacklig, weshalb sie sich wieder setzte. In ihrem Kopf blitzten immer wieder Bilder des gestrigen Abends auf: Jonas' Locken, seine Lippen, seine Stimme. Sie versuchte, sie zu verdrängen.

Helena holte aus der obersten Schublade des in der Küche stehenden Eichenholzschrankes ihren Laptop hervor. Sie hatte ihn das letzte Mal für eine PowerPoint-Präsentation zu Beginn des Semesters genutzt. Weil ihr aber der langsame PC beim schnellen Weiterklicken alle Folien durcheinandergebracht hatte, ließ sie ihn ab da an zu Hause und nutzte die klassische Tafel. Einige Studenten hatten sich darüber beschwert.

Und so startete Windows mit einer schier endlosen Anzahl an Updates: »Update 3 von 27 wird vorbereitet«. Sie starrte auf den sich im Rhythmus drehenden Ladekreis.

Das Ende der Updateschlange erreicht, erschien »Bitte schalten Sie den Computer nicht aus«. Sie war drauf und dran, eben dies zu tun, konnte jedoch mit letzter Willensstärke widerstehen. Als er endlich hochgefahren war, sah man keinerlei Veränderungen zu vorher.

Ihr Desktophintergrund war ein Foto von sich, Bertold und Amelie in ihrem letzten Urlaub in der Normandie, das Kylian, ihr alter Studienfreund, geknipst hatte. Sie öffnete das E-Mail-Programm und fing an zu tippen. Helena beherrschte weder das Zehnfingersystem, noch wusste sie, wie die Buchstaben auf der Tastatur angeordnet waren, weshalb sie eine Ewigkeit brauchte. Außerdem war ihr *Copy and Paste* kein Begriff. Dazu kam, dass sie sich ständig korrigierte und jede einzelne Formulierung genau überdachte. Am Ende war sie mit Folgendem zufrieden, auch wenn es sie einige Überwindung kostete, die E-Mail abzuschicken:

Lieber Jonas,

in der Datei anbei übersende ich dir die ersten beiden Strophen des im Seminar besprochenen Gedichtes »Aus!« von Theobald Tiger (Kurt Tucholsky).

Herzlichst
H. Rotheld

War das Gedicht zu kryptisch? Oder war es gar zu persönlich? Würde er es irgendjemandem in Verbindung mit der E-Mail zeigen?

Sie blickte in der Hoffnung, dass die Nachricht noch nicht vollends an die Weiten des Internets verloren war, auf die angezeigten Ordner. Just in diesem Augenblick verschwand die (1) bei »Entwürfe« und die E-Mail landete in »Gesendete Elemente«. Die Nachricht war weg.

Helena klappte den Laptop zu und ging ins Badezimmer, wo sie sich ein Bad einließ. Obwohl erst eine seichte Pfütze den Wannenboden bedeckte, stieg sie hinein. Die kalte Stahlemaille bescherte ihr eine Gänsehaut, die sie als angenehm empfand, denn sie spürte sich zum ersten Mal an diesem Morgen so richtig selbst. Langsam füllte sich die Wanne. Sie drehte am Regler. Das Wasser wurde heißer und heißer. Die für einen Menschen wohltuende Temperatur war schon lange überschritten, doch Helena harrte weiter aus.

Nach zwanzig Minuten verließ sie die Wanne. Ihr tomatenroter Körper bildete einen starken Kontrast zu den steril weißen Fliesen. Sie musste unweigerlich an ihre Großmutter denken, die in Polen lebte. Seitdem sie engeren Kontakt zu jemandem aus der Flaggenkunde pflegte, hatte sie des Öfteren solche Assoziationen. Mit der linken Hand wischte sie den beschlagenen Spiegel frei und blickte in ihr aufgedunsenes Gesicht. Ohne sich anzuziehen, ging sie ins Schlafzimmer und legte sich ins Bett. Die Luft war stickig. Der Duft der Vergangenheit umhüllte sie, was sie sichtlich genoss.

✧

Jonas blieb noch einige Sekunden auf dem kalten Betonboden liegen. Er fühlte sich benutzt, jedoch auf angenehme Weise. Als die Musikbox das Lied wechselte, stand er auf. Er schaltete das Gerät ab, lehnte das heruntergefallene Regal an den Tresen und ging mit den Bierflaschen in der Hand durch die Hintertür ins Freie. Seine angefangene Flasche stellte er in eine der Getränkekisten. Helenas leere Bierflasche nahm er mit. Er legte seinen Mund an die Öffnung. Bei genauem Hinschauen hätte man die Reste ihres dunkelroten Lippenstifts erahnen können. Sein Fahrrad stand noch auf dem Campus und so blieb ihm nichts anderes übrig, als zu Fuß nach Hause zu gehen.

Auf der nassen Straße sah er Helenas Zigarettenstummel liegen. Er hob ihn auf und steckte ihn sich lässig in den Mundwinkel. Seine Lippen zu weit geöffnet, fiel er sogleich auf den Boden. Er hob ihn erneut auf, ließ ihn dieses Mal wiederum in der Hosentasche verschwinden. Jonas hatte noch nie geraucht. Es nieselte.

Zu Hause warf er sich auf die durchgelegene Matratze, legte sich auf den Rücken und betrachtete an der Zimmerdecke die sich abwechselnd heller und dunkler werdenden Scheinwerferlichter der vorbeifahrenden Autos. Es erregte ihn Dinge zu besitzen und zu berühren, die Helena mit ihrer Spucke befleckt hatte. Er dachte viel an sie: an ihre kleinen Wangengrübchen und die leichten Fältchen um die bernsteinbraunen Rehaugen, die sie zu überschminken versucht hatte, und den zarten, schmallippigen Mund. Ihm missfiel, dass sie die ersten Zeichen des Alters verdecken wollte. Er mochte ihr lebenserfahrenes – bloß nicht reifes – Aussehen.

Das Wort *reif* benutzte Jonas nie. Es erinnerte ihn an die Obsternte und die Zeit auf dem Bauernhof seiner Großeltern. Sein Großvater war ein schmächtiger und fleißiger Mann gewesen, der trotz hohen Alters die täglich anfallende Arbeit auf dem Hof verrichtete. Seine Großmutter hingegen war herrisch, faul und ihr Körper hatte eine Birnenform. Sie tat den ganzen Tag nichts anderes, als zu fressen und ihm und seinem Opa allerlei Arbeiten aufzutragen. Einen Sommer lang scheuchte sie die beiden über die Apfelbaumplantage, um die überreifen Früchte vom Boden aufzulesen. Jeden Abend gab es Apfelkompott. Es war Jonas' letzter Sommer auf dem Bauernhof. Im Winter desselben Jahres verstarb sein Großvater. Am Tag seiner Beerdigung hatte man Jonas erzählt, sein Opa blicke nun von oben auf ihn herab und passe auf ihn auf. Auch wenn er den Worten der Erwachsenen Glauben schenken wollte, war er skeptisch, denn sein Großvater hatte zum Zeitunglesen eine Lupe gebraucht und seine Bewegungen waren schildkrötengleich gewesen.

Die Gedanken in seinem Kopf wurden weniger, die Erinnerungen verblassten und sein Atmen wurde schwerer. Das Bier und die Zigarette glitten ihm aus der Hand. Langsam fiel er in den Schlaf. Er träumte von Julian Collien, dem zwölfjährigen Bergarbeitersohn und Protagonisten des neben seiner Matratze liegenden Buches.

Als er am Morgen erwachte, sah er das kleine blau blinkende LED seines Handys, das ihm eine neue E-Mail signalisierte. Er rechnete mit einem Newsletter irgendeines Modelabels oder mit einer der zahlreichen Benachrichtigungen der Universität zu Motivationsseminaren,

Teamfähigkeitsworkshops oder dergleichen, aber es war eine E-Mail von Helena. Jonas las die Zeilen immer und immer wieder. Dieses Gedicht hatten sie im Seminar noch nie behandelt.

»Was möchte uns der Autor damit sagen?«, sprach die schulmeisterliche Stimme in seinen Gedanken. Doch auch wenn er es zu verstehen glaubte, so wehrte er sich dagegen. Er beschloss, Helena zur Rede zu stellen.

»Huch, Frau Rotheld, Sie sind ja da«, quietschte Lolo, die hübsche, junge Babysitterin, die Amelie täglich vom nur 500 m entfernten Kindergarten abholte.

Es war ein katholischer Kindergarten, den Helena trotz der Nähe zunächst abgelehnt hatte. Sie wollte nicht, dass ihr Kind mit einer Religion aufwuchs, mit der sie nie etwas anfangen konnte. Doch die Kindergartenplätze waren rar und meist mit ellenlangen Wartezeiten verknüpft. Außerdem spielte ihr Schwiegervater mit dem Ehemann der Kindergartenleitung jeden Mittwoch Tennis.

»Ja, ich habe mir heute freigenommen, damit ich mal ein bisschen Zeit mit meinem Schatz verbringen kann«, entgegnete Helena und zwinkerte ihrer Tochter zu.

Amelie jauchzte und sprang mit einem Satz auf das Bett und hüpfte so intensiv, als würde sie sich nichts sehnlicher als ein Trampolin wünschen.

»Mama ist da, o mi signore, Mama ist da, o mi signore«, sang sie vergnügt.

Helena griff sie an den Unterschenkeln und warf sie neben sich auf die Matratze. Sie streichelte ihr über die Schläfe, ging mit dem Mund nah an ihr kleines Ohr mit dem fleischigen Ohrläppchen, das sie von ihrem Vater geerbt hatte, und flüsterte: »Lauf zu Lolo in die Küche und iss erstmal was. Nachher spielen wir ein bisschen.«

Amelie gehorchte.

Helena ging ins Badezimmer, um sich ein Nikotinpflaster aufzukleben. Anschließend zog sie sich an und schrieb eine Nachricht an Bertold.

Freudig erregt klopfte Amelie mit den Fäusten auf den Esstisch. Sie summte dabei noch immer die Melodie von *Laudato si*. Lolo servierte süßlich duftenden Pfannkuchen. Diese Momente blieben Helena sonst verwehrt. Sie steckte üblicherweise zu dieser Zeit mit ihrer Nase tief in ihren muffigen, alten Büchern.

Zu dritt saßen sie an dem Holztisch, auf dem in der Mitte ein mit Blumen besticktes Platzset lag, und aßen ohne Teller und Besteck die gerollten Pfannkuchen. An der Seite quoll Nutella heraus. Helena und Lolo gelang es, die herausströmende Masse geschickt mit der Zunge aufzufangen, doch Amelie scheiterte. Tropfen für Tropfen fielen auf den Tisch. Sie lachte und Helena lachte mit. Lolo wollte gerade aufspringen, um einen Putzlappen zu holen, da hielt Helena sie zurück.

»Ist nicht schlimm. Kinder kleckern ständig. Wenn wir es jetzt saubermachen, müssen wir es gleich wieder tun. Am besten lassen wir es einfach für immer da.«

Lolo wusste nicht, ob es ironisch oder ernst gemeint war, weshalb sie bloß vorsichtig grinste und sitzenblieb.

»Wenn Sie den ganzen Tag zu Hause sind, würde es Ihnen was ausmachen, wenn ich gleich gehe?«, fragte Lolo. »Ich wollte mich nachher noch mit Freunden treffen.«

»Na klar. Geh und genieß den schönen Tag. Es soll nachher richtig warm werden. Und grüß mir die Mama, ja? Wie geht es ihr eigentlich?«

Helena hatte sich schon lange nicht mehr nach ihr erkundigt. Vor zwei Monaten rief Lolo plötzlich mitten in der Nacht an und sagte, dass sie Amelie nach dem Kindergarten nicht wie üblich abholen könne. Ihre Mutter hatte einen Herzinfarkt erlitten. Diese Nachricht hatte Helena tief getroffen, nicht nur, weil sie Lolo sehr mochte, sondern auch, weil sie begann, über ihr eigenes Leben nachzudenken.

Wenn sie jetzt starb, was hatte sie dann erreicht? Beruflich stand es gut um sie. Im Gegensatz zu vielen anderen Dozenten hatte sie eine der begehrten Festanstellungen bekommen. Doch privat? Sie hatte ein modernes Haus, einen Mann und eine wunderschöne Tochter. Oft beschlich sie aber das Gefühl, dass das noch nicht alles gewesen sein konnte. Sie träumte davon, zurück nach Frankreich zu ziehen; in das kleine Örtchen namens Saint-Valery-en-Caux, das unweit von Rouen lag, die Stadt, in der sie ihr Auslandssemester verbracht hatte. Knapp fünftausend Einwohner, direkt an der Alabasterküste und in Besitz eines kleinen Leuchtturms an der Hafeneinfahrt. Man kennt sich, trifft sich und isst gemeinsam: Essen nicht nur als Ernährung, sondern als Unterhaltung, Entspannung und Genuss. Sie sehnte sich nach dem Savoir-vivre.

»Meiner Mutter geht es ganz gut. Sie hat sich jetzt einer Koronarsportgruppe angeschlossen und versucht, langsam wieder ihren Körper in Schwung zu bringen. Es wird also.«

»Das freut mich zu hören.«

Lolo warf Amelie ein Küsschen zu und ging. Ohne den Tisch abzuräumen, verschwanden auch Helena und Amelie im Garten. Sie lachten viel, Amelie weinte ab und an, weil sie hingefallen war, aber vor allem genossen sie die Zeit zu zweit. Es war ein wenig wie damals im Urlaub. Bis zum Sonnenuntergang vergnügten sie sich beim Schaukeln, Fangen spielen und Gänseblümchen zupfen. Außerdem machten sie einen kleinen Abstecher in das direkt hinter dem Garten gelegene Maisfeld. Um in den Pool zu hüpfen, war es zu kalt, aber sie ließen die kleinen Steine, die sie aufgelesen hatten, über die Wasseroberfläche flitschen. Die körperliche Aktivität zerrte an Helenas Kräften. Und so legten sie sich in die Hängematte und schauten in die Wolken. Ihre Füße baumelten über dem Gras.

»Mama, wenn alle Menschen in den Himmel kommen, wann ist der voll?«

»Amelie, wie kommst du denn jetzt darauf?«

»Sofia hat heute im Kindergarten erzählt, ihre Oma ist jetzt im Himmel bei Gott«, sie holte Luft. »Als erstes war sie traurig, aber dann hat sie gesagt, sie kann es verstehen, denn ihre Oma hat ihren Opa sehr vermisst. Der hat da oben gewartet. Darum.«

Helena schluckte. Sie glaubte weder an Gott noch an den Himmel. Zwar war sie der Meinung, dass auch Kinder den Tod aus naturwissenschaftlicher Sicht verkraften könnten, aber wie sollte Amelie jemals wieder mit Freude in ihren katholischen Kindergarten wollen, wenn sie da Gegenteiliges behaupteten. Diese Zerrissenheit wollte sie ihr nicht antun. Also grübelte sie kurz und zeigte dann mit ihrem Finger nach oben.

»Schau doch mal. Egal, wohin du guckst, du siehst überall Himmel, oder? Auch dort, dort ganz am Ende ist noch Himmel. Er erstreckt sich nämlich über die gesamte Erde und noch viel weiter. Der Himmel ist nicht nur da, wo wir ihn sehen, er ist omnipräsent.«

»Was heißt omnipräsent?«

»Das heißt ganz einfach, dass es kein Ende gibt und er überall ist. Also wird auch immer Platz im Himmel sein; für Sofias Oma und Opa, für Papa, für dich und für mich. Aber bis dahin ist noch so viel Zeit. Darüber sollten wir uns jetzt keine Gedanken machen.«

»Okay, Mama. Jetzt habe ich Lust auf ein Eis.«

Bertolds glänzender Audi fuhr auf die Einfahrt. Pantherschwarz mit Kristalleffekt, für das sie ein paar tausend Euro extra bezahlen mussten, dennoch hatte Bertold darauf bestanden. Lieber verzichtete er auf den geplanten Frankreichurlaub. Helena hatte angedroht, mit Amelie und ihren Eltern zu fliegen, machte es dann aber nicht wahr, weil sie ihrem Vater und seiner neuen Frau nicht ihre Eheprobleme offenbaren wollte, und sich nicht zutraute, mit Amelie allein zu verreisen.

In der Schwangerschaft hatte sie einen unbändigen Groll gegen das Kind in ihrem Bauch gehegt. Sie war wütend, dass dieses sie täglich mit Tritten und Übelkeit traktierende Etwas ihr Leben umkrempeln würde. Nur ein halbes Jahr nach ihrem ersten Arbeitstag erfuhr sie bei einer Routineuntersuchung beim Frauenarzt von ihrer Schwangerschaft. Zwar nahm sie auf Drängen Bertolds schon seit einigen Monaten keine Pille mehr, um ihren Körper ganz langsam auf ein baldiges Kinderkriegen vorzubereiten, doch hatten sie weiterhin mit Kondom verhütet. Inwieweit sie eine der Zahlen des Pearl-Index gewesen war oder ob Bertold damit etwas zu tun gehabt hatte, wusste sie nicht, aber sie versuchte sich mit der Situation abzufinden.

Als man ihr das Neugeborene auf die Brust legte, spürte sie nichts. Sie hätte ihr Kind riechen, streicheln oder küssen müssen, doch in ihr breitete sich bloß eine große Leere aus. Mit den Jahren jedoch lernte sie, Amelie zu lieben. Viele Mütterratgeber und Foren im Internet halfen ihr dabei. Vielleicht war es nicht die große Liebe, die Mutter und Tochter normalerweise verbindet, dennoch war sie irgendwann froh, Amelie bei sich zu haben. Wenn es nach Bertold ginge, sollte es nicht das letzte Kind ihrer Ehe gewesen sein.

Bertold kam ihnen lächelnd mit seinem Aktenkoffer entgegen.

»Was machen meine zwei Hübschen denn im Garten?«

»Eis essen«, Amelie streckte den bunten Flutschfinger in Richtung Bertold.

»Lecker, darf Papa auch mal?«

»Neeee!«, kreischte sie und flitzte mit kleinen, flinken Schritten durch die offene Terrassentür ins Haus, wobei sie mit dem tropfenden Eis eine Spur hinterließ.

»Ich bin wie Hensel und Gretel«, lachte sie.

Bertold küsste Helena auf den Mund.

»Wir müssen reden«, murmelte sie schüchtern und ärgerte sich, dass ihr nichts Besseres als diese Floskel eingefallen war. »Also…«

»Einen Moment«, unterbrach er sie. »Ich hole nur kurz ein Tuch und mache hier sauber.«

»Nein, du hörst mir jetzt zu!«

Bertold wich skeptisch zurück und musterte sie. Sie sah blass und erschöpft aus. Er glaubte, es könnte daran liegen, dass sie trotz Unwohlseins den ganzen Tag mit Amelie gespielt hatte. Wirklich verwundert war er darüber nicht gewesen, denn Helena hatte so ihre Phasen im Leben. Worüber sie mit ihm sprechen wollte, wusste er nicht. Er hoffte nur, sie teilte ihm nicht mit, dass sie ihren Job aufgeben wollte. Selbst wenn er gutes Geld verdiente, müssten sie fortan auf kleinerem Fuß leben. Und dazu war er nicht bereit.

✧

Jonas hatte nicht geduscht, was seine nach *Chanel No.5* duftende Sitznachbarin in der Straßenbahn mit einem abfälligen Stirnrunzeln kommentierte. Es war ihm unangenehm, doch ihn beschäftigte Wichtigeres.

»Haltestelle Universität«, dröhnte es aus der Lautsprecherbox über ihm.

Die Luft war schwülwarm und er schwitzte unter seinem Parker. Weil er kurz innehielt, wurde er sogleich links und rechts von Studenten mit bunten Poloshirts überholt. Jurastudenten. Einer schien zunächst nicht ins Bild zu passen, weil er eine khakifarbene Jacke anhatte. Dann aber sah Jonas, dass es eine von Barbour war. Er musste grienen. Häufig steckte er Menschen in Schubladen. Ihn bestätigte, dass die meisten ihre nicht mehr verließen. In dunkelbraunen Seglerschuhen stolzierten sie fast im Gleichschritt vor ihm her. Weil er es eilig hatte, quetschte er sich zwischen Laternenpfeiler und einem der angehenden Rechtswissenschaftler hindurch. Auf dessen türkisfarbenen Poloshirt hinterließ sein vom gestrigen Abend noch nasser Parker eine sichtbare Spur.

»Bist du bescheuert, du Idiot?«, fauchte der Poloshirt-Träger.

»Das, das ist bloß Wasser. Tut, tut mir leid«, stotterte Jonas.

»Die Kosten für die Reinigung zahlst du mir! Du...«

Jonas flüchtete vor der immer lauter werdenden Truppe.

»Lauf nur weg. Du hörst von meinem Vater«, war das Letzte was er vernahm, bevor er hinter einer Böschung verschwand.

Jonas atmete schwer. Schon lange war er nicht mehr so schnell gerannt. Vor einigen Monaten hatte er einmal an einem Marathon teilgenommen. Nicht, weil er sich oder anderen etwas beweisen wollte, sondern weil es ein Preisgeld zu gewinnen gab. Damit hatte er gehofft, seinen Job in der Bar kündigen und sich richtige Möbel für seine Wohnung kaufen zu können. Da er von dem Wettbewerb durch seinen übergewichtigen Arbeitskollegen Frank erfahren hatte, glaubte er, die Teilnehmer bestünden ebenfalls nur aus untrainierten Freizeitsportlern. Dem war nicht so gewesen. Er hatte die Ziellinie als Vorletzter erreicht.

Er wartete einen Moment, zog seinen Parker aus und verließ dann sein Versteck. Nun brauchte er keine Bedenken zu haben, dass sie ihn wiedererkennen könnten. Er hatte ein Allerweltsgesicht. Bis auf sein lockiges Haar, gab es nichts an ihm, das ihn besonders erscheinen ließe: keinen besonders ausgeprägten Kiefer – vielleicht war er etwas kantiger als normal – keine Stups- oder Hakennase, keine Segelohren. Nichts, was Leute veranlasste, sich sein Gesicht zu merken. Viele Menschen wünschten sich, einen Makel loszuwerden, er aber vermisste das an sich. Für die meisten klang das merkwürdig, doch wer einmal die Erfahrung gemacht hatte, in einer Gruppe unsichtbar zu sein, verstand ihn meist.

Eine, die ihn verstand, war Kate. Er kannte sie von einer Erstsemesterparty. Sie war eines der wenigen Mädchen, das sich nicht umgedreht hatte, als er sie kennenzulernen versuchte. Nicht nur, dass sie nicht weggelaufen war, sie hatte sogar ein wenig über sich erzählt.

Kate war eine schüchterne, in einer streng gläubigen Familie in den USA aufgewachsene Kunststudentin. Sie war für das Studium nach Deutschland gekommen und war ein Jahr jünger als er.

Sie lebte bei ihrer Gastfamilie in einem noblen Vorort der Stadt, sprach akzentfrei Deutsch – nur Umlaute fielen ihr schwer – und für ihr Alter war sie ungewöhnlich reif und konservativ. Ihre Freizeit verbrachte sie mit Nähen, Lesen oder Spazierengehen. Das waren zwar nicht Jonas' favorisierte Beschäftigungen, aber sie hatten doch eine Gemeinsamkeit: Beide mochten hohe Aussichtspunkte.

Ihr zweites zufälliges Aufeinandertreffen fand an einem heißen Sommertag auf dem Rathausturm statt. Egal, bei welchem Wetter, sie trug eine hochgeschlossene weiße Bluse, darüber einen einfarbigen Cardigan, einen Bleistiftrock und eine blickdichte Strumpfhose. Jonas hatte den Eindruck, dass sie zu der Art Menschen gehörte, die bei einem neuen Buch zu allererst die letzten Seiten lasen.

Gerade als Jonas auf die Eingangstür der Fakultät zusteuerte, tauchte sie unbemerkt einige Meter hinter ihm auf.

»Hey!«, rief sie.

Schnurstracks ging Jonas weiter, weil er nicht damit rechnete, dass er gemeint war. Auch wenn er sich mit Kate schon einige Male unterhalten hatte, wäre es ihm nicht möglich gewesen, sie und diesen Ausruf in Verbindung zu bringen, da es ein für Kate untypisch lautes Rufen war.

»Jonas«, sagte sie mit Nachdruck, »warte doch mal!«

Ungläubig drehte er sich um und glaubte, durch die Sonne geblendet, zunächst Helena zu sehen, erkannte dann aber schnell seinen Irrtum.

»Hallo Kate.«

Er erwiderte ihre Umarmung nur zögernd.

»Wohin gehst du?«, wollte sie wissen. »Ich wollte gerade in die Mensa. Hast du Lust mitzukommen?«

»Also, ich, ähm, habe gar keine Zeit. – Habe noch einen Termin, jetzt, also gleich. Arzttermin, Augenarzt, sehe so schlecht.«

Seine Augen zusammenkneifend, schaute er rechts an ihr vorbei in die Ferne.

»Du Spinner, du hast nur keine Lust. Sag das doch einfach, du brauchst nicht irgendwelche Geschichten zu erfinden. Wolltest du wirklich zum Arzt«, sie holte kurz Luft und konzentrierte sich, »wärst du nach da hinten und nicht dort entlanggegangen.«

Sie gestikulierte mit beiden Armen wild in der Luft herum.

»Nein«, erwiderte er, »also wirklich. – Gut, eigentlich habe ich noch ein bisschen Zeit. Der Termin ist erst später. Wir können gerne zusammen essen gehen. Hoffentlich gibt es was Leckeres.«

Kate lächelte. Sie konnte den stillen Jungen leiden, der immer etwas durch den Wind zu sein schien.

»Wie geht es dir denn?«

»Naja, bei dem super Wetter wäre ich lieber am See als hier in der Uni. Aber lernen muss ja auch sein«, antwortete er ausweichend.

Schweigend schlenderten sie nebeneinanderher in Richtung Mensa. Es war ein unangenehmes Schweigen und Kate hatte das Gefühl, das Gespräch in Gang bringen zu müssen.

»Ich wollte nachher an den See. Da findet ein Hippie-Festival mit jeder Menge Musik statt. Sebastian und Anna kommen mit. Die kennst du doch auch. Magst du mitkommen?«

»Leider keine Zeit. Habe noch viel für die Uni zu tun.«

»Heute ist Mittwoch. Bergfest. Man muss auch mal leben und kann nicht immer buffeln.«

»Büffeln, Kate, es heißt büffeln.«

»Sorry, stimmt. Auch nach vielen Jahren hat man nicht ausgelernt«, sagte sie mit einem Strahlen im Gesicht.

»Stimmt.«

»Hast du denn schon alle Hausarbeiten abgegeben?«

»Ja«, sagte er, wobei er verschwieg, sich ohnehin nur für eine Hausarbeit angemeldet zu haben.

»Okay, cool.«

So ging es einige Male hin und her. Als sie vor der langen Schlange der Mensatheke angekommen waren, sagte Kate plötzlich: »Mist, ich habe ganz vergessen, dass ich jetzt eine Vorlesung habe. Entschuldige mich bitte. Das mit dem Essen verschieben wir. Okay?«

»Klar«, sagte er. Man konnte seine Erleichterung förmlich spüren.

Kate zog eilig von dannen. Jonas musterte sie beim Weggehen. Sie hatte einen wippenden, fast lächerlichen Gang. Ein paar Strähnen ihrer zu einem Zopf geflochtenen Haare wehten bei jedem ihrer Schritte nach hinten.

Sie gaben ihrem cleanen, adretten Erscheinungsbild ein gewisses Maß an Natürlichkeit zurück, was ihm gefiel.

Jonas verließ die Schlange, ging schnurstracks zur Kasse, vor der die Kühltruhen standen, und kaufte sich einen Kakao in einer Pappverpackung, der im Supermarkt nur die Hälfte kostete. Dann machte er sich auf den Weg zu Helenas Büro. Die mit der Mensa verbundene Fakultät war in wenigen Minuten erreicht. Im Flurbereich standen zahlreiche sich unterhaltende Menschengruppen. Stumm ging Jonas an ihnen vorbei. Er grüßte niemanden, niemand grüßte ihn.

Helenas Büro war in Sichtweite und Jonas wunderte sich, wieso die Tür nicht, wie sonst üblich, angelehnt war. An ihr hing ein Zettel:

FRAU ROTHELD IST HEUTE LEIDER NICHT DA.

Verärgert und verdutzt fragte sich Jonas, ob das etwas mit ihm zu tun hatte: War die E-Mail eine Art Abschiedsbrief? Hatte sie etwa vor zu kündigen? Oder gab es eine harmlosere Erklärung? Viele Fragen geisterten in seinem Kopf umher.

»Kann ich dir helfen?«, fragte ein an ihm vorbeilaufender Dozent, der trotz grauer Haare verhältnismäßig jung zu sein schien und überaus vornehm gekleidet war. Er trug einen lilafarbenen Anzug und eine Hornbrille und wirkte damit ein wenig aus der Zeit gefallen. Jonas hatte ihn noch nie zuvor gesehen, was jedoch nicht bedeuten musste, dass er neu war, denn Jonas war nicht allzu oft in der Universität anzutreffen.

»Hallo, ich suche Frau Rotheld«, antwortete Jonas zögerlich.

»Sie ist bedauerlicherweise krank. Deshalb bin ich hier erschienen. Ich hole ihre Post ab.«

Gelogen, dachte Jonas. Helena ging ihm aus dem Weg.

»Ich muss sie dringend sprechen.«

»Am besten schreibst du ihr einen Brief oder eine E-Mail. Falls es eine allgemeine Frage, dein Studium betreffend ist, kannst du natürlich auch gerne mich ansprechen. Komm dazu einfach in meine Sprechstunde, Zimmer A113. Das *A* steht für Anbau. Doktor Hofmacher ist mein Name.«

Jonas wurde übel und hatte das Gefühl, sich übergeben zu müssen. Er sprintete zur Toilette, rettete sich in eine Kabine und riss den Klodeckel auf. Doch er spuckte bloß hinein.

Er wusste nicht weiter. Das einzige, was er wusste, war, dass er Helena wiedersehen musste. An der Toilettenwand stand zwischen unleserlichen Schmierereien mit einem dünnen Edding geschrieben:

You know, a dog can snap you out of any kind of bad mood that you're in faster than you can think of.

Jonas besaß keinen Hund.

Mit acht Jahren hatte er verzweifelt versucht, seine Eltern von einer Landschildkröte zu überzeugen. Er hatte kurz vorher *Die unendliche Geschichte* gelesen. Tage und

Nächte bettelte er darum, eine *Uralte Morla* zu bekommen. Nach einer Woche kam sein Vater mit ein paar kleinen blauen Neonsalmlern und einem runden Aquarium von der Arbeit nach Hause. Doch so sehr Jonas sich auch bemühte, Interesse für die Fische zu entwickeln, sie blieben ihm gleichgültig. Hätte nicht seine Mutter ab und an Futter gestreut, wären sie vermutlich bereits nach wenigen Tagen gestorben. Nach zwei Wochen verloren einige von ihnen plötzlich ihre Farbe, wurden kreidebleich und starben schlussendlich. Aus Angst, dass die übrigen das gleiche Schicksal erleiden könnten, entschied sich sein Vater dazu, alle kurz und schmerzlos über die Toilette zu entsorgen. Seine Mutter erzählte ihm, dass sie durch die Rohre ins Meer gelangen würden. Es waren die ersten und letzten Haustiere seiner Familie gewesen.

Die Hände zwar gewaschen, sie aber nur kurz abgetrocknet, verließ er die nach Urin stinkenden Toilettenräume. Da vibrierte sein Telefon. Er fasste sich zuerst an die linke Hosentasche, die jedoch leer war, dann an die rechte. Mühsam fummelte er mit seinen noch feuchten Fingern das Handy heraus. Es war eine Nachricht von seiner Mutter.

Wo bleibst du? Ich warte auf dich.

Den aus roten Pflastersteinen bestehenden Gartenweg lief Helena auf und ab. Sie brachte kein Wort heraus. Bertold saß auf der Steinkante des Blumenbeetes. Die Frühabendsonne stand so tief, dass er nur Helenas Silhouette sehen konnte.

»Na, sag schon. Worum geht es?«

»Es ist kompliziert.«

Amelie hüpfte durch die Terrassentür nach draußen. Ihr Eisstiel war zu einem Schwert mutiert, mit dem sie wild in der Gegend herumfuchtelte.

»Attacke!«, fauchte sie energisch und griff, die Schwertspitze nach vorne zeigend, ihren Vater an.

»Ahhh, es hat mich erwischt. Ich bin außer Gefecht. Du hast mich besiegt«, ergab sich Bertold.

Triumphierend lachte Amelie und machte sich für einen zweiten Angriff bereit. Dieses Mal auf Helena. Anders als Bertold war sie jedoch kein einfaches Ziel, da sie nicht regungslos auf einem Fleck saß. Geschickt und erfolgreich wich sie Amelies Versuchen, sie zu erwischen, aus.

»Du kriegst mich nicht, du kriegst mich nicht.«

Amelie rannte, keuchte und scheiterte. Sie fiel auf den weichen Rasenboden.

»Mama, so macht das keinen Spaß!«

Bertold zwinkerte ihr zu.

»Deine Mutter ist eben noch nicht so alt und langsam wie ich. In ein paar Jahren sieht das aber anders aus.«

»Ihr beide seid alt«, grinste Amelie.

»Waaaaas sagst du?«, rief Helena und stürmte, die Arme ausgebreitet, auf sie zu. »Jetzt gibt es eine Kitzelstrafe.«

Amelie kreischte und kicherte. Bertold beobachtete seine Frau und seine Tochter mit zufriedenem Gesichtsausdruck.

»Lass uns das später besprechen«, sagte Helena.

Sie deckten gemeinsam den Tisch. Bevor sie sich einen guten Appetit wünschten, holte Bertold aus der untersten Schublade des Eichenholzschrankes seine Diabetikertasche hervor.

In der Grundschule hatte man ihn gehänselt. Er war schmächtig, musste häufiger als andere Kinder auf die Toilette, hatte ständig Durst und konnte an manchen Tagen nicht entziffern, was auf der Tafel stand, obwohl er in der ersten Reihe saß. Seine Eltern waren zwar verwundert, nahmen es jedoch nicht zum Anlass, mit ihm zum Arzt zu fahren. Mehr oder weniger zufällig testete eine Schulkrankenschwester – sie kam in einem Pilotprojekt zum Einsatz – seinen Blutzuckerwert und erkannte, dass er Diabetes hatte. Doch die Schulzeit besserte sich dadurch nicht. Nun war er nicht mehr der kränkliche Junge, dafür aber der gruselige Typ, der sich vor jeder Mahlzeit auf die Toilette zurückzog, um sich dort eine Nadel in den Bauch zu stoßen. Auch wenn die Statistik dagegensprach, hatte er Angst, dass er es Amelie vererbt hatte.

Jeder saß auf seinem Stammplatz und aß. Die braunen Nutellaflecken klebten noch immer auf dem Küchentisch und waren mittlerweile krustig geworden, was Bertold nicht kommentiert hatte. Er merkte, dass etwas mit Helena nicht stimmte und hielt sich bei allem, was ihn sonst störte, bedacht zurück. Der moderne, graphitgraue Kühlschrank summte leise und die Zähne zermalmten das harte Brot vom Vortag. Niemand hatte eingekauft. Amelie gelang es, mit der Rinde die Nuss-Nougat-Creme abzukratzen.

Helena kaute und kaute. Sie kaute und kaute auf dem immer gleichen Stück herum. Es war zu Brei geworden, was sie jedoch nicht davon abhielt, es weiterhin mit den Zähnen zu malträtieren.

»Alles gut bei dir, Leni?«

So nannte er sie nur selten. Trotzdem zeigte sie keinerlei Reaktion und war weiterhin auf das Zerkauen des matschigen Brot-Käse-Breis fokussiert.

»Hallo? Ich rede mit dir.«

Er beugte sich zu ihr herüber und tippte ihr sanft auf die Schulter.

»Ich habe geträumt.«

»Am Tisch wird gegessen und nicht geträumt«, äffte Amelie die oft gehörten Worte ihres Vaters nach.

»Stimmt. Aber deiner Mama geht es momentan nicht gut. Das ist was anderes.«

»Was hast du denn, Mama?«, bohrte Amelie nach.

»Nur ein bisschen gestresst«, verteidigte sich Helena mit strengem Tonfall.

»Du weißt doch, Mama hat den Kopf immer voller Bücher. Apropos Bücher, wenn du magst, kannst du aufstehen und dir vor dem Schlafengehen noch ein bisschen *Ein Garten für den Wal* angucken.«

»Jaaaaa!«

Amelie flitzte davon. Auch Helena stand auf, räumte die Teller in die Spülmaschine und die Lebensmittel in den Kühlschrank. So in Gedanken versunken, merkte sie nicht, dass sie auch das Besteck neben dem Käse platzierte.

»Los, Helena. Langsam reicht es mir. Was ist denn nur los mit dir?«

»Bitte lass uns das morgen besprechen. Ich bringe Amelie ins Bett und gehe dann auch schlafen.«

Bertold nahm das Besteck wieder heraus und stellte es, bis auf ein Messer, das er mit einer Serviette abwischte, in den Geschirrspüler. Mit diesem schnitt er einen Apfel in schmale Scheiben und legte beides auf den Wohnzimmertisch.

Seine Frau hatte sich verändert. Er kannte sie so nicht. Sie war diejenige, die ihn scheuchen musste. Im Sommer wollte sie an den See fahren, im Herbst spazieren gehen und im Winter Schlittschuh laufen. Heute schaffte sie es nicht einmal, lange wachzubleiben. Schlafen könne man, wenn man tot ist, sagte sie sonst immer.

Kennengelernt hatte er sie in einer Kneipe. Es war ein Freitagabend und er war mit einem Kollegen von der Arbeit unterwegs. Eigentlich passten er und sein Kumpel nicht zusammen. Bertold stand am liebsten biertrinkend an der Bar, sein Arbeitskollege ließ lieber die Hüften kreisen. Doch wenn man viel arbeitete, waren die meisten Bekanntschaften nun mal beruflicher Natur. Ein paar Frauen klarmachen, nichts Festes, nur ein bisschen Spaß haben, versicherten sie sich. Als er zu viele Biere getrunken hatte und zwei für ihn viel zu jungen Mädchen lallend von seinem neuen Großprojekt im Hafenviertel vorschwärmte, zog ihn sein Arbeitskollege zu sich auf die

Tanzfläche, weil er bemerkt hatte, dass Bertold mit seiner Prahlerei die Aufmerksamkeit der Türsteher auf sich zog. Auf dem Parkett stolperte er in die Arme einer zierlichen Frau. Ihre fordernden Augen ließen ihn die jugendlichen Schönheiten vergessen. Sie tanzten den restlichen Abend zusammen, wobei sich Bertold auf ein lässiges Wippen mit den Füßen beschränkte. Sie aber warf all ihre Körperteile von sich, drehte sich im Kreis und sang jedes ihm noch so unbekannte Lied lauthals mit.

Als *Wer hat an der Uhr gedreht* ertönte und die grellen Lichter – in denen sie trotz sichtbarer Spuren der Nacht immer noch gut aussah – angeschaltet wurden, verließen sie gemeinsam den Club. Draußen steckte sie ihm sogleich ein Stück Papier zu und verschwand in das Rostrot des bevorstehenden Sonnenaufgangs. Zuerst glaubte er an einen Scherz, da er sah, dass es eine aus einem Roman gerissene Buchseite war. Es war die Seite neun aus *Momo*. Die Überschrift lautete »Erstes Kapitel, eine große Stadt und ein kleines Mädchen«. Am Ende stand in feinsäuberlicher Schreibschrift der Name *Helena* und eine Telefonnummer geschrieben.

Bertold setzte sich auf die Ledercouch, die er aus seinem Singlehaushalt mitgebracht hatte, und schaltete sein *MacBook* ein. Er spielte Onlinepoker. Keine großen Beträge, aber doch um so viel, dass es einen gewissen Anreiz gab. Nicht, dass er diesen wirklich nötig gehabt hätte.

Auch wenn es dabei bloß um die Ehre ging, war er energisch und darin verbissen, denn er wollte stets gewinnen.

All In. Virtuell schob er seine Chips in die Tischmitte. Im Pot befanden sich 160 Euro. Auf der Hand hielt er ein Kreuzass und einen Herzbuben. Zwei Paare hatte er. Nur einer seiner Mitspieler ging mit. Die letzte Karte wurde aufgedeckt. Für ihn änderte sich nichts mehr. *YOU LOST* leuchtete in roten Buchstaben auf. Die Karten seines Gegners offenbarten ein Full House. Bertold ärgerte sich, aber nicht wegen des Geldes.

Er öffnete Google und tippte »Frau ist schlecht gelaunt« ein. Die ersten Treffer waren allesamt Forumsbeiträge, nichts mit wissenschaftlichem Mehrwert, weshalb er weiterscrollte. Als er sah, was unter »Ähnliche Suchanfragen« am Ende der Seite aufgelistet war, musste er schmunzeln: »Mein Mann ist immer unzufrieden«.

Dann besuchte er erneut die Homepage des Pokerspiels. Da erschien am Bildrand ein blickendes Banner, das eine schwarze, venezianische Maske zeigte. Es machte ihn neugierig und er steuerte den Mauszeiger in Richtung der Werbeanzeige, als er einen dumpfen Knall vernahm.

Vor der Herrentoilette der Universität blickte Jonas ungläubig auf sein zerkratztes Handydisplay. Der Geburtstag seiner Mutter war ihm völlig entgangen. Er hatte versprochen, sie besuchen zu kommen, weshalb er sich bereits ein Bahnticket gekauft hatte. Es war nicht günstig gewesen. Lange hatte er damit gehadert, zu ihr zu fahren. Es war doch bloß der 56. Geburtstag. Keine Schnapszahl, nichts Rundes. Ein ganz normaler Geburtstag, wie man ihn so oft im Leben hatte. Außerdem war ihr Verhältnis noch nie das Beste gewesen.

Zwar lebte sie allein, doch mittwochs war sie immer bei ihrer Tanzgruppe. Also würde sie den Tag schon mit netten Leuten verbringen, dachte er und schickte seine Antwort ab:

Alles Gute. Schaffe es leider nicht. Viel in der Uni zu tun. Ich melde mich, sobald ich mehr Zeit habe.

Sein Kopf war voller Gedanken an Helena. Er hatte das unbändige Verlangen, sie sehen zu wollen, wusste jedoch nicht, wo sie wohnte.

Er suchte Zimmer A113 auf. Über dem an der Tür angebrachten Namensschild prangte ein Wappen. In diesem stand in goldenen Lettern »B.P.H. – Meister der Heraldik« geschrieben. Es schindete Eindruck bei Jonas. Vorsichtig klopfte er an die geschlossene Bürotür.

»Herein«, ertönte eine kräftige Stimme.

Jonas trat ein und sprach mit gesenktem Kopf: »Guten Tag, Herr Doktor Hofmacher. Wir hatten uns vorhin getroffen und Sie boten mir Ihr Hilfe an.«

»Ja, natürlich erinnere ich mich. Mein Gedächtnis funktioniert noch ganz gut. Ich bin jünger als ich wirke«, feixte er. Mit seinen Fingern ließ er einen Stift kreisen.

Er saß hinter einem wuchtigen Mahagonischreibtisch. An der Rückwand befand sich, farblich dazu passend, eine meterhohe Schrankwand, in der sorgfältig aufgereiht zahlreiche Bücher mit dunkelgrünem Einband standen. Links und rechts davon hingen Porträts wichtig aussehender, weißbärtiger Männer. Dieser Ort erinnerte Jonas an Dumbledores Schulleiterbüro. Bei dem Gedanken daran musste er unverblümt grinsen. Weil Herr Doktor Hofmacher glaubte, Jonas' erheiterter Gesichtsausdruck wäre auf seine Bemerkung zurückzuführen, fuhr er fort: »Alter ist nicht Zahl der Jahre, auch nicht der grauen Haare, Alter ist wie man sich fühlt und wie man dem Leben begegnet. Nun denn, wie kann ich helfen?«

»Ich habe ein dringendes Anliegen. Könnten Sie mir die Adresse von Frau Rotheld geben? Ich muss mit ihr unbedingt etwas wegen meiner Hausarbeit besprechen.«

»Tut mir leid, das kann ich nicht. Es ist mir schlichtweg nicht erlaubt, private Adressen auszuhändigen.«

»Keine Ausnahme? Es ist wichtig.«

»Tut mir leid, keine Ausnahme.«

»Wissen Sie denn vielleicht, an wen ich mich wenden könnte, um eine zu beantragen?«, bohrte Jonas nach.

»Möglicherweise ans Sekretariat. Aber ich bin mir recht sicher, dass auch dort aus datenschutzrechtlichen Gründen keine Auskunft einzuholen ist.«

»Danke trotzdem«, sagte er und schlurfte aus dem Büro. Weil er keinen Anhaltspunkt hatte, wie er nun weiter verfahren sollte, schwang er sich lustlos auf sein rostiges Fahrrad und fuhr ziellos durch die Stadt. Die grauen Betonblöcke schienen ihn hinunterzuziehen. Als ertränke er in einem Meer voller Grau. Doch er kämpfte dagegen an und trat schneller in die Pedale.

Irgendwie hatte er seinen gewohnten Umkreis verlassen und es zog ihn in ein mittelständisches Viertel der Stadt, in dem er zuvor noch nie gewesen war. Dort gab es einen kleinen Kiosk, der am Rande eines Parks lag. Durch die Schaufensterscheibe sah man einen alten, schlafenden Mann. Auf die Eingangstür des Ecklädchens zugehend, bemerkte er sein Spiegelbild, das ihm gegenüberstand und mit jedem Schritt größer wurde. Die gelockten Haare standen ihm zu Berge.

Das Öffnen der Tür hatte ein Klingeln erzeugt, durch das der Alte jedoch nicht geweckt worden war. Die Hände auf dem Schoß gefaltet und leicht nach vorne gebeugt, schlief er seelenruhig hinter dem Tresen auf einem Gartenstuhl aus Plastik. Jonas schlich zum großen, an der Wand stehenden Getränkekühlschrank und nahm sich eine Colaflasche sowie einen günstigen Whiskey heraus. Mit einer solchen Lässigkeit verließ er samt Getränken den Laden, dass man meinen könnte, er hätte das schon häufiger getan.

Er stellte die Flaschen in seinen auf dem Gepäckträger angebrachten Korb und schob das Fahrrad in den gegenüberliegenden Park. Es war ein kleiner Park, der bloß aus einer Handvoll Bäumen, einem Spielplatz und zwei Bänken bestand. Auf einer der beiden lag, alle Glieder von sich gestreckt, ein Obdachloser. Zumindest sah er aus wie einer. Nur eine goldglänzende Uhr ließ Jonas zweifeln.

Doch der ungepflegte Vollbart und die zusammenwürfelten 90er-Jahre-Klamotten festigten seinen ersten Eindruck.

Jonas setzte sich auf die andere Bank und beobachtete das Treiben. Viel war nicht los. Verträumt guckte er einer jungen Mutter und ihrem in etwa dreijährigen Sohn zu, die in einem Sandkasten kleine Türmchen bauten.

Es war ein lauer Herbstnachmittag. Die verwelkten Blätter glänzten im Lichte der Sonne. Die Idylle wurde durch ein sich lauthals streitendes oder vielleicht auch balzendes Taubenpärchen durchbrochen. Sie gurrten und schlugen mit ihren Flügeln umher. Die größere der beiden hackte immer wieder auf die kleiner ein. Jonas warf den Deckel der Colaflasche und verfehlte das dominante Federtier nur knapp. Aber so gelang es ihm, beide zu verscheuchen. Sie flogen geschwind im Tiefflug auf die Straße zu.

Eine auf dem Gehweg fahrende Radlerin musste sich dadurch so erschrocken haben, dass sie ihren Lenker verriss und auf die Fahrbahn geriet. Reifen quietschten.

»Entweder bist du blind auf beiden Augen oder nur einfach blöd«, fluchte ein Mann, der mit seinem Pickup gerade so ausweichen konnte.

Er ließ den Motor aufheulen und raste davon. Auch die Radfahrerin fuhr unbehelligt weiter. Es kehrte wieder Ruhe ein.

Jonas nippte an dem Whiskey und füllte seinen Mund mit Cola auf. Nachdem er beides heruntergeschluckt hatte, stieß er einen lauten Rülpser aus.

Da rührte sich der auf der Bank liegende Mann, holte ein Smartphone aus der Tasche, steckte sich Kopfhörer ins Ohr und sank wieder zusammen.

Als er den Fremden an seinem Handy sah, kam ihm eine Idee. Er holte ebenfalls sein Smartphone aus der Tasche und fing an zu recherchieren. Es dauerte einige Zeit, aber dann ballte Jonas siegessicher die Fäuste, denn er glaubte, auf diesem Wege Helenas Adresse herausfinden zu können.

✧

Helena stand am Fenster. Sie hatte ihrem Mann gesagt, sie wolle jetzt schlafen gehen. Eigentlich war sie noch gar nicht müde. Ihr war in dem Moment nur nichts Besseres eingefallen. Sie wollte Bertold von Jonas erzählen, doch sie brachte es nicht übers Herz. Der Kloß im Hals und die pochende Schläfe machten ihr zu schaffen. Sie glaubte, einen Schwindelanfall zu bekommen, und taumelte auf den Teppichboden.

Wie lange sie dort gelegen hatte, wusste sie nicht. Vielleicht waren es Stunden gewesen, vielleicht aber auch nur Minuten. Durch das offenstehende Fenster konnte sie die Abenddämmerung erkennen. Viel Zeit war also nicht vergangen, bemerkte sie. Sie rappelte sich rasch auf, weil sie befürchtete, Bertold käme jeden Moment ins Schlafzimmer.

Ihr Kopf dröhnte und ihre Glieder schmerzten. War es eine Panikattacke gewesen?

Dass sie solch klare Gedanken fassen konnte, deutete sie als Zeichen der Besserung und beschloss, sich nicht weiter den Kopf über eine Erklärung zu zerbrechen. Sie öffnete das Fenster, da sie frische Luft gebrauchen konnte, und dachte darüber nach, wie sie sich Bertold gegenüber verhalten sollte. Dabei erinnerte sie sich an die Situation vor einigen Jahren, als sie glaubte, Bertold betrüge sie. Dieses überaus schmerzliche Gefühl und diese alles zerfressende Beklemmung, hatte sie nicht vergessen. Auch wenn sie der Meinung war, Frauen reagierten in dieser Hinsicht emotionaler, konnte sie es nicht verantworten, Bertold auch nur einen Bruchteil dessen spüren zu lassen. Sie musste ihm also sagen, was sie getan hatte; auch auf die Gefahr hin, dass er sich von ihr trennen wollte.

»Ehrlichkeit währt am längsten, oder?«, fragte sie sich selbst.

Aber noch fühlte sie sich nicht bereit dafür. Erst recht nicht nach der Panikattacke. Einatmen, ausatmen. Einatmen, ausatmen. Sie stand am Fenster und inhalierte die schwüle Abendluft. In den Garten blickend, entschied sie sich trotz ihres Unwohlseins noch einmal dafür, das Haus zu verlassen und jemanden zu besuchen, denn müde war sie nicht und eine Begegnung mit ihrem Mann wollte sie tunlichst vermeiden. Um jedoch nach draußen zu gelangen, hätte sie am Wohnzimmer vorbeigemusst, in dem sie Bertold vermutete. Also stieg sie unbeholfen aus dem im Erdgeschoss liegenden Schlafzimmerfenster. Einmal hatte sie das bereits getan; an dem Tag, als sie von ihrer Schwangerschaft erfahren hatte und einfach nur woanders sein wollte. Damals war es unbemerkt geblieben, doch heute hatte sie das Gefühl, dass sie nicht nur der grelle Vollmond dabei beobachtete.

✧

Jonas atmete tief ein und ging seinen Plan noch einmal durch. Dann wählte er eine kostenpflichtige Nummer. Nach zehnminütiger Warteschleife, die mit einer einschläfernden Melodie gefüllt war, hatte er endlich eine Mitarbeiterin am Apparat.

»Guten Tag, Zentralruf der Autoversicherer, wie kann ich Ihnen helfen?«, krächzte eine Frauenstimme.

»Ich hatte heute Morgen einen kleinen Unfall. Mir ist da auf einem Supermarktparkplatz jemand in die Seite gefahren und dabei ist ein Schaden entstanden. Leider finde ich den Versicherungsschein nicht mehr, können Sie mir die Daten geben?«

»Das ist kein Problem. Ich bräuchte dafür bitte einmal das Kennzeichen des Unfallverursachers.«

Jonas hatte Helenas Citroën schon oft hinterhergeschaut und dabei war ihm auch das Kennzeichen aufgefallen. Er hatte sich seinen Kopf darüber zerbrochen, was es für eine Bedeutung haben könnte, war aber bislang nicht dahintergekommen. Der Dame am Telefon diktierte er die Buchstaben und Zahlen.

»Da habe ich was gefunden. Haben Sie was zum Schreiben?«

Jonas kramte eilig einen Bleistift und ein Schmierblatt heraus und notierte sich die Versicherungsdaten, welche die Mitarbeiterin hilfsbereit herausgab. Er bedankte sich höflich und legte auf. Der erste Schritt war geschafft.

Nun rief er die Servicehotline der Versicherung an, die ihm soeben genannt worden war.

»Guten Tag, ich rufe im Auftrag meiner Frau an. Rotheld mein Name. Seit Wochen warte ich auf die Rechnung der Versicherungspolice, die Sie mir zuschicken wollten. So langsam habe ich echt die Schnauze voll. Ich gebe Ihnen jetzt meine Daten und dann schauen Sie bitte, welche Adresse Sie da im System stehen haben. Vielleicht ist ja ein Dreher in der Postleitzahl oder so.«

Er versuchte verärgert zu klingen, was ihm angesichts seiner freudigen Stimmung schwerfiel, da er seinem Ziel so nahe schien.

»Entschuldigen Sie, Herr Rotheld. So genau kann ich Ihnen auch nicht sagen, was das Problem ist. Hier im Computer sehe ich leider nichts von einer Police, aber wir können gerne einmal die Adressdaten abgleichen, damit wir den Fehler ausschließen können.

»Das wäre gut«, brummte Jonas in den Hörer.

»Ich habe hier Folgendes stehen…«

Bereitwillig nannte er ihm die Straße, Hausnummer und Postleitzahl. Um sich seine Freude nicht anmerken zu lassen, räusperte sich Jonas und sagte mit kühler Stimme:

»Ja, das stimmt. Dann liegt es wohl am Postboten. Ich werde da nachhaken und bedanke mich herzlich bei Ihnen. Auf Wiederhören.«

Es hatte haargenau so funktioniert, wie er es in dem alten *akte*-Beitrag gesehen hatte. Überschwänglich gab er dem Handydisplay einen Kuss und nahm noch zwei, drei Hiebe aus der Whiskeyflasche. Dieses Mal ohne Cola.

Zwar hatte er nun die Adresse, doch ganz sicher war er sich nicht, was er jetzt tun sollte. Eine innere Stimme drängte ihn dazu, zu Helena zu fahren und sie zur Rede zu stellen. Sein Verstand hinderte ihn jedoch noch daran, weshalb er weitere Schlucke nahm und ihn letztendlich durch den Alkohol ruhigstellte.

Die junge Frau, die noch immer mit ihrem Sohn Burgen aus dem staubigen Sand formte, bemerkte Jonas' hastiges Trinkverhalten. Als sie sah, was er in sich hineinschüttete, nahm sie ihren Sohn bei der Hand und ging davon.

Der Abend brach langsam herein. Die bürgerliche Dämmerung zeigte sich in ihrer ganzen Pracht. Die Sonne war gerade hinter dem Horizont abgetaucht, die Erdatmosphäre reflektierte ihre schwachen Strahlen und versetzte den Abendhimmel in ein weiches Licht. Die Konturen der Landschaft sahen dadurch aus, als seien sie mit Sfumato gestaltet worden. Jonas' gestiegener Promillespiegel tat auch einen Teil dazu bei.

Sein Banknachbar war schon lange fort und er war der einzige im sonst menschenleeren Park. Nach einer halben Stunde verschwand das Sonnenlicht gänzlich und es wurde kühler. Jonas zog sich seinen olivfarbenen Parker über und warf die halbleere Whiskeyflasche in den Fahrradkorb. Gerade wollte er sich auf seinen Drahtesel schwingen, als ihm einfiel, dass Helenas genannte Adresse in einem Vorort der Stadt lag, den er unmöglich ohne Auto erreichen konnte. Busse und Straßenbahnen fuhren nur zu den Schulzeiten regelmäßig. Zudem hatte sein Fahrrad keine Beleuchtung und er wollte das Risiko nicht eingehen, von der Polizei angehalten zu werden; erst recht nicht in seinem angetrunkenen Zustand.

Was also tun? Ein kurzer Blick in sein Portemonnaie ersparte ihm den Gedanken an ein Taxi. Außerdem war es nicht seine Art, für solch einen Luxus Geld auszugeben. Er scrollte seine knappe Kontaktliste im Handy durch. Die eine Hälfte der Einträge bestand aus festeingespeicherte Servicenummern wie die Wetterauskunft oder der Stauwarner, die andere Hälfte aus Familienangehörigen. Bloß zwei Namen fielen aus dem Raster: Frank und Kate.

Nach der heutigen Begegnung wollte er Kate lieber nicht belästigen, auch war er sich nicht sicher, ob sie überhaupt ein Auto hatte, denn über ihre Privatangelegenheiten sprachen sie kaum. Also versuchte er es bei Frank.

»Hallo? «, sagte Frank.

»N'abend, alter Arbeitskollege.«

»Jonas? Bist du es, ey? Du rufst mich doch nie an.«

»Dann wurde es«, Jonas unterbrach seinen Satz mit einem Hicksen, »mal Zeit.«

»Was ist los bei dir? Biste besoffen?«

Franks sonst so sanfte Stimme erhob sich. Es war keine Wut, sondern viel mehr Besorgnis, die sich in seinen Worten widerspiegelte.

Sie arbeiteten bereits seit einem Jahr zusammen, weshalb er Jonas zu kennen glaubte. Er mochte den zurückhaltenden Jungen, bei dem er sich täglich fragte, warum ausgerechnet er in so einer heruntergekommenen Bar arbeitete. Mit seiner blassen Haut, dem etwas zu kantigen Kiefer und dem Wuschelkopf sei er besser in der Modebranche aufgehoben, hatte Frank immer wieder gescherzt.

»Wie kann ich dir helfen, Junge?«, fragte er.

»Ich habe leicht einen im Tee und brauche dich jetzt.«

Betrunkene sagen die Wahrheit. Allerdings traf diese Weisheit nur zum Teil auf Jonas zu. Um die Glaubhaftigkeit seiner Aussage zu stärken, spickte er sie mit einem Fünkchen Realität, denn das zeichnet eine gute Lüge aus, hatte er einmal in einem Radiointerview mit einem Sprachwissenschaftler gehört.

»Mutter hat Geburtstag. Hab's vergessen. War mit Freunden was trinken, kann nicht mehr fahren. Würdest du mich zu ihr zu bringen? Sie wohnt außerhalb der Stadt und ich bin gerade im Volkspark.«

»Weil du es bist«, erklärte Frank. »Ich bin gerade bei meiner Schwester, also ganz in der Nähe.«

Eine fünfzehnminütige Fahrt durch die Schickimicki-Gegend der Stadt, wie Frank sie kommentiert hatte, lag hinter ihnen. Frank erzählte ihm von seiner Schwester, die auch so naiv wie Jonas gewesen war und Buchwissenschaften studiert hatte. Sie kam mit ihrem kleinen Buchladen gerade so über die Runden. Da verdiene er in der Bar sogar mehr, erzählte Frank stolz.

»Als ob *verdienen*«, flüsterte Jonas leise.

Sie waren fast da und Jonas war froh gewesen, dass Frank ihn nicht mit Fragen gelöchert hatte, weil er in seinem angetrunkenen Zustand nur wenige Sätze fehlerfrei über die Lippen brachte. Aber ganz ohne Neugierde ließ Frank ihn nicht davonkommen.

»Ey, wenn deine Eltern in dieser dicken Bonzenvilla wohnen, was machst du denn bei uns? Kriegste von denen kein Geld, oder was?«

Jonas verdrängte für einen Moment seinen Promillespiegel und antwortete in der Hoffnung, Frank beließ es bei dieser einen Frage, konzentriert: »Ich arbeite nur, damit ich bei dir bin, mein Freund.«

Den angefangenen Whiskey drückte er Frank als Dankeschön in die Hände.

✧

Um nachzusehen, woher das Geräusch gekommen war, stand Bertold auf. Da erblickte er die sperrangelweit geöffnete Terrassentür. Anscheinend hatte der Wind sie aufgeweht, dachte er. Weil es den Tag über so schwül gewesen war, beschloss er, sie zum Lüften einfach offenstehen zu lassen.

Beruhigt setzte er sich wieder, klickte auf die Werbean-zeige und wurde auf die Homepage eines Seitensprung-portals geleitet. Auf der Startseite waren einige Profile aufgereiht. Aus Fernsehreportagen wusste er, dass es sich dabei oft um sogenannte »Fake-Profile« handelte. Daher war er drauf und dran, die Webseite zu schließen, aber das attraktive Foto von *Crazybiene78* trieb ihn dazu, weiterzu-klicken.

Hinter dem Profil verbarg sich eine Frau, die ganz und gar nicht sein Geschmack war. Eigentlich hätte ihn bereits der Name abschrecken müssen, ärgerte er sich. Crazy war höchstens die hohe Anzahl an Rechtschreibfehlern in einem solch kurzen Text. Zehn falschgeschriebene Wör-ter hatte er großzügig gezählt. Möglicherweise waren es mehr gewesen, doch da hatte er das Profil auch schon wieder geschlossen.

Diese Affinität zur Rechtschreibung verband ihn mit Helena. Bei ihrem ersten Date hatten sie sich in einem kleinen Café in der Nähe des Campus getroffen. Als der junge Kellner ihnen die Getränkekarte gebracht hatte, zückte Helena nach kurzer Betrachtungszeit einen Rotstift und fing an, diese zu korrigieren. Zunächst war er völlig perplex gewesen, aber dann hatten sie beide ihren Spaß daran. Erst später hatte er erfahren, dass das Café kurze Zeit vorher von Studenten eröffnet worden war, die Helena aus Seminaren kannte und denen sie bei der Gestaltung der Werbeplakate geholfen hatte.

Er besuchte das nächste Profil. Eine gewisse *MissFly* präsentierte sich dort mit einem von der Seite aufgenommenen schwarz-weiß Foto und einem kurzen Spruch. Sie hatte ein Anker-Tattoo auf der Schulter.

Schüchterne Frau, sucht… Ende.

Diese Art von Frau entsprach schon eher seinem Beuteschema. Um ihr schreiben zu können, hätte er sich jedoch anmelden müssen. Als er sah, dass die Registrierung nicht nur allerlei persönliche Daten, sondern auch eine Kreditkarte erforderte, beschloss er, das Geld lieber wieder ins Pokerspiel zu investieren.

Auf einmal klingelte das Telefon. Weil er den Hörer nicht abnahm, sprang der Anrufbeantworter an: »Guten Abend, ihr drei Hübschen. Ich bin es – Susanne. Ihr liegt bestimmt auf der Couch. Los auf! Nehmt doch endlich mal den Hörer ab!«

Er hatte keine Lust aufzustehen. Susannes übermotivierte Art ging ihm gehörig auf die Nerven.

»Ich komme gerade vom Yogakurs und bin auf dem Weg nach Hause. Das solltet ihr auch mal versuchen. Ruf doch mal deine beste Freundin zurück, Helena! Aber auf dem Festnetz, du weißt ja, wie schlecht der Empfang bei uns auf dem Land ist. Am besten versuche ich es morgen wieder.«

✧

Der Geruch war das erste, was Jonas auffiel. Jeder Ort hat seine eigene Zusammensetzung von Duftmolekülen. Es roch nach Kindheit, nach dem frisch gemähten Rasen, auf dem er mit seinen zwei Cousins in den Sommerferien Fußball spielte, nach gegrilltem Lammfleisch, das sein Onkel nach dem Würzen immer erst auf der fettreichen Seite briet, um eine deftige Kruste entstehen zu lassen, und nach Gewitter, das – so betonte seine dicke Biologielehrerin Frau Grob – sich nur durch erhöhte Bodentemperaturen und Windscherung bemerkbar mache, und keineswegs *errochen* werden könnte. In der Stadt verstopfte meist der Gestank nach Urin, Bauschutt und Fastfoodläden seine Nase.

Er wartete bis Franks rote Rückleuchten hinter der Kurve verschwunden waren und schlich dann auf der durch hohes Buschwerk verdeckten Bürgersteigseite die Straße entlang. In weiser Voraussicht hatte er Frank angewiesen, ihn einige hundert Meter vor seinem von *Google Maps* ausgewiesenen Ziel abzusetzen. Er schaute sich um. Auf der gegenüberliegenden Straßenseite erspähte er einen kleinen buckligen Mann, der in einer Mülltonne nach Pfandflaschen angelte. Nun hielten sie sich anscheinend nicht mehr nur in den Innenstädten auf, grübelte Jonas. Es dauerte ein bisschen, bis sich der Flaschensammler auf den Weg zur nächsten Tonne begab und Jonas ungestört war.

Als Jonas, Äste und Gestrüpp beiseiteschiebend, durch ein Loch in der gestutzten Hecke lugte, glaubte er zunächst, einen Kriegsbunker vor sich zu haben: kastenförmig, einfarbig und aus Stahlbeton. Jedoch wäre es für

Feinde aufgrund des weißen Anstrichs ein Leichtes gewesen, ihn zu orten, und auch vor Angriffen wäre er nicht gefeit, da er zum Großteil aus riesigen Glasfronten bestand.

Durch eine der großen Fensterscheiben konnte er schemenhaft die Umrisse eines in der Dunkelheit sitzenden Mannes erahnen, dessen Gesicht von dem kühlen Licht eines Bildschirms angestrahlt wurde. Zu seiner Rechten bemerkte er plötzlich, wie jemand im Erdgeschoss eines der lukenartigen Fenster öffnete und ins Freie stieg. Die Schattenfigur bewegte sich merkwürdig behäbig, als würde sie bei einem Museumseinbruch den Lichtschranken ausweichen, die den Alarm auslösten. Sie steuerte auf den in der Hofeinfahrt stehenden Citroën zu.

Da wusste Jonas, dass es sich um Helena handeln musste. Sie war gerade eingestiegen und hatte den Rückwärtsgang eingelegt, als er beschloss, zu ihr zu eilen, um sie nicht wieder zu verlieren. Die Heckenöffnung war so schmal, dass er einige Zeit brauchte, sich hindurchzuzwängen. Als er den Rasen betreten hatte, erhellte ein Meer aus Flutlichtern die Nacht. Das Herz rutschte ihm in die Hose und sein Alkoholspiegel fiel rapide. Schlagartig fühlte er sich nüchtern. Er hätte es wissen müssen: der Bewegungsmelder, über den Helena mit ihrem Mann gesprochen hatte.

Wie angewurzelt blieb Jonas stehen. Die Situation verlangte geradezu danach, dass ein bellender Wachhund auf ihn zustürmte. Es kam zwar keiner, aber dafür hatte er die Aufmerksamkeit des unbekannten Mannes hinter der Scheibe auf sich gezogen. Dessen Bewegungen glichen einem Pantomimenspiel. Zunächst ergriff der Darsteller einen auf dem Tisch liegenden Gegenstand, fuchtelte mit diesem angriffsbereit in der Luft herum und streckte ihn dann in Jonas' Richtung.

Noch immer im Lichte der grellen Scheinwerfer stehend, schaute sich Jonas um. In der Hoffnung, Helena könnte ihn aus dieser misslichen Lage befreien, sah er zur Einfahrt hinüber. Doch der Citroën war verschwunden. Als er dem Mann am Fenster durch seine erhobenen Hände die Kapitulation mitteilen wollte, war auch dieser nicht mehr an Ort und Stelle.

War das ihr Mann? War er bereits auf dem Weg nach draußen? Was wollte er tun? Wollte er etwa die Polizei rufen?

Egal, wofür sich der Unbekannte entschieden hatte, Jonas hielt es für das Beste, das Weite zu suchen. Er huschte durch das Loch, durch das er hineingekommen war, und wähnte sich in Sicherheit. Aber urplötzlich packte ihn jemand am Arm und riss ihn nach hinten.

Es war Helena. Sie hob die Hand und knallte ihm diese auf die Wange. Zuerst links, dann rechts. Das klatschende Geräusch der Ohrfeigen schreckte eine im Gestrüpp der Hecke sitzende Katze auf, die sogleich miauend davonstolzierte.

»Jonas! Was zur Hölle machst du hier«, zischte sie, »und woher weißt du, wo ich wohne?«

Er sah, wie sich ihre Lippen bewegten, doch er hörte bloß ein gellendes Pfeifen. Sein Gesicht schmerzte nicht, es war taub.

»Ich musste Sie sehen«, winselte er. »Es tut mir leid.«

Sie zerrte ihn die Straße hinauf.

»Du musst hier weg. Verschwinde!«

»Wie können Sie das tun?«, fragte er ungläubig.

»Was meinst du?«

»Sie wissen, was ich meine. Ich spreche vom Kuss, von gestern Abend und von all den Jahren davor.«

Jonas' Stimme beschallte die gesamte Straße.

»Jonas, Jonas, beruhig dich doch bitte. Das ist alles ein riesiges Missverständnis. Ich mag dich. Lass uns reden, nur nicht hier. Das geht nicht!«

Sie merkte, wie unruhig und aufgewühlt er war, und hoffte, ihn beschwichtigt zu haben. Sie streichelte ihm über den Oberarm.

»Sie lassen mich nicht wieder so stehen. Dieses Mal nicht. Wir klären das hier.«

Seine Stimme zitterte. Er spuckte beim Reden. Sie bemerkte seine Fahne.

»Gut, Jonas. Alles gut«, sagte sie besänftigend und nahm seine Hände, »aber das alles reicht für keine Liebesgeschichte. Erinnerst du dich noch an den Zug, über den wir sprachen? Du meintest, dass man den auch als Passagier steuern kann? Du hattest recht. Jetzt bist du unser Lokführer.«

»Was soll das jetzt?«, fragte er schulterzuckend.

»Es gibt im Leben immer wieder Momente, in denen man kurz innehalten und überlegen kann, wie es weitergeht, ob man aussteigen möchte. Dabei ist es nicht wichtig, ob der Zug hält oder nicht. Mag er weiterfahren, aber Türen oder Fenster öffnen kann man immer. Jetzt wäre der richtige Zeitpunkt, um abzuspringen.«

»Was hat das mit uns zu tun?«

»Es gibt kein *uns*, Jonas.«

Obwohl ihn die Worte inmitten seines Herzens trafen, wurde er ruhiger. Wahrscheinlich hatten sie ihn so sehr verwundet, dass er zu kraftlos war, um zu widersprechen. Seine Wut war auf jeden Fall verflogen und er wirkte nachdenklich. Er zog seine Hände zurück und vergrub sie in den Hosentaschen. Helena schwieg.

»Wir werden uns wiedersehen«, sagte Jonas, »und lassen sie um Himmels willen diese Zugmetaphern sein. Sie sind kitschig und dumm.«

Er drehte sich um und ging. Sie stieg in ihren Wagen. Erleichtert ließ sie sich in den ausgebeulten Fahrersitz fallen, kramte eine Zigarette hervor und zündete sie sich an, während sie in den klaren Sternenhimmel blickte. Dass der Rauch ins Polster einziehen und ihn Bertold später riechen könnte, war ihr in diesem Moment egal.

Bertold war zum Telefon geeilt. Er war kurz davor, die Notrufnummer zu wählen, da hörte er Amelie rufen:

»Paapaa, Maamaaa. Papaaaa, Maamaaa, Papaaaaa!«

Aus Angst der Mann im Garten könnte sich durch die offenstehende Terrassentür Zugang zum Haus verschafft haben, lief er mit dem Messer in der Hand los. Er stieß mit seinem Zeh gegen einen Blumentopf, unterdrückte jedoch den Schmerz und eilte weiter. In Amelies Zimmer war niemand bis auf Amelie.

»Papa, ich kann nicht schlafen.«

»War hier wer? Hast du hier jemanden gesehen?«, platzte es aus ihm heraus.

»Ich habe mich gesehen. Ich bin hier«, sagte sie lachend und streckte die Arme in die Luft.

»Nein, im Ernst. War hier irgendjemand?«, fuhr er sie harsch an.

»Wirklich nicht«, betonte Amelie kopfschüttelnd.

Bertold rannte los und schloss die Terrassentür. Danach legte er das Messer beiseite und ging wieder in Amelies Zimmer. Er öffnete das Fenster einen Spaltbreit und beobachtete den Garten. Die Scheinwerfer waren mittlerweile ausgeschaltet. Weit und breit war nichts von dem Unbekannten zu sehen. Vielleicht war es nur ein Landstreicher gewesen, hoffte er. In der Zeitung war ja immer häufiger von solchen Leuten zu lesen, die in der Hoffnung auf eine Unterkunft, verlassene Wohnhäuser aufsuchten.

Er nahm Amelie auf den Arm und schaukelte sie hin und her. Mittlerweile zerrte es an seinen Kräften, sie hochzuheben, da sie in den letzten Jahren beachtlich schwerer geworden war, aber noch wollte er diese Nähe nicht missen.

»Warum läufst du so, Papa?«, kicherte Amelie.

»Nur um so sportlich wie Mama zu werden.«

»Wo ist denn Mama?«, fragte sie missmutig. »Ich habe euch beide gerufen.«

»Deine Mama schläft schon. Sie war müde. Ich bin ja da.«

Amelie erwiderte ein Brummen, ihre Augenlider schlossen sich und der Kopf sank sanft auf seine Schulter. Vorsichtig legte er sie ins Bett.

»Oder war das gar kein Landstreicher? Er sah schon heruntergekommen aus, aber irgendwie hatte er sich merkwürdig verhalten«, murmelte er vor sich hin. Davon musste er Helena berichten und begab sich in Richtung des Schlafzimmers. Vor der geschlossenen Türe stehend, hielt er kurz inne.

Mit voller Kraft drückte Helena aufs Gaspedal. Sie spürte einen ungeheuren Groll in sich. Niemand war da. Also blieb ihr nichts anderes übrig, als ihre Wut an ihrem sonst so geliebten *Chéri* auszulassen. Es war nicht das erste Mal.

Als sich Kylian, dem der Citroën gehörte, von ihr getrennt hatte, nahm sie nicht nur den Inhalt ihrer Schublade mit, sondern auch seine Autoschlüssel. Nachdem sie den Wagen von außen mit Tritten misshandelt und im Inneren ihren Lippenstift ins beige Polster geschmiert hatte, entschied sie sich, ihn nicht weiter zerstören zu wollen, sondern ihn mitzunehmen. Dafür, dass er sie verlassen hatte, musste er bestraft werden, meinte sie. Und da anscheinend nicht sie das Wichtigste in seinem

Leben war, musste es sein geliebter Citroën sein. Die Spuren ihres Wutausbruchs waren noch immer sichtbar und so manches Mal, wenn ihr Wagen nicht anspringen wollte, glaubte sie, dass er sich dafür rächte.

Kylian hatte den Diebstahl nie verfolgen lassen. Auch hatte er sie nie darauf angesprochen, weder als sie ein paar Monate später wieder sporadischen Kontakt in der Universität hatten, noch als sie ihn vor einiger Zeit mit ihrer Familie besucht hatte. Trotz alledem, was vorgefallen war, pflegten sie ein freundschaftliches Verhältnis, das jedoch überwiegend aus oberflächlichem E-Mail-Verkehr bestand. Die einst ozeantiefen Gespräche in ihrer Beziehung waren immer mehr abgeflacht, bis sie zu einer seichten Pfütze verkamen. Wahrscheinlich konnte man, nachdem man die Gefühle eines Menschen so tief verletzt hatte, dass eine Narbe blieb, nie mehr ohne Schmerzen dorthin vordringen.

Langsam fuhr sie die Straßen der ruhigen Wohngegend ab. Um keine Aufmerksamkeit zu erregen, hatte sie das Licht ausgeschaltet. Die gesamte Peripherie schien zu schlafen. Sogar die Laternen waren erloschen. In einem gutbürgerlichen Haushalt ging man um zehn Uhr ins Bett. Immerhin krähte am nächsten Morgen um sechs Uhr der Hahn, der einen pünktlich zur Arbeit weckte und die alltägliche Routine einleitete.

»Murmeltiertag«, hauchte Helena kaum vernehmbar.

Die Reifen rollten zärtlich über den Asphalt. Auf einmal erspähte sie im tiefen Schwarz der Nacht eine Person, die sich mit einer über den Kopf gezogenen Kapuze vor der Kälte zu schützen versuchte. Ihrer gekrümmten

Körperhaltung nach zu urteilen, gelang es ihr nicht. Sie erkannte nicht viel, doch glaubte sie, den olivfarbenen Parker ausmachen zu können. Durch den Wind breitete sich dieser wie die weiten Flügel eines Adlers aus. Da verlor sie die Schattenfigur aus den Augen. Sie bremste. Weil sie keine Ahnung hatte, was nun zu tun sei, beschloss sie, zurück nach Hause zu fahren und sich schlafen zu legen. Von der ganzen Fahrerei war sie müde geworden. Ihr Sehvermögen ließ nach, jedoch auf eine andere Art als sonst. Auf einmal durchfuhr sie ein Gefühl von Taubheit. Ihre Beine kribbelten. Sie wusste nicht, wie ihr geschah, sie wusste nur, sie wollte sehnlichst zurück in ihr Bett. Sie beschleunigte. Um immerhin die Konturen der Umgebung erkennen zu können, schaltete sie das gelbe Scheinwerferlicht ihres Wagens wieder ein. Selective Yellow. Dabei musste sie versehentlich den Kassettenspieler berührt haben, denn es erklang Barbaras *L'aigle noir*.

Der Adler und das Auto. Ein Knall. Nichts gesehen. Rumpeln. Nackenschmerzen. Angst. Weitergefahren. Nicht in der Einfahrt abgestellt, sondern eine Straße weiter. Ins Bett geschlichen. Nicht geschlafen. Nachgedacht. Eine Schlaftablette genommen. Augen irgendwann zugefallen. Wieder aufgewacht. Schweiß. Das Nachthemd ausgezogen. Nackt.

✧

Jonas drehte sich noch einmal um und sah Helena in ihrem Wagen davonrasen. Er hätte Frank anrufen und ihn bitten können, ihn noch einmal abzuholen. Aber ihm war nicht daran gelegen, Franks Neugierde zu befriedigen, die nach dieser Aktion wohl nur noch größer war. Also musste er sich – wie schon am letzten Abend mit Helena – zu Fuß auf den Heimweg begeben. Er verabscheute sich dafür, sie aufgesucht zu haben, sie zu mögen, gar zu lieben. Doch woher sollte er schon wissen, was Liebe ist? Für diesen Gedanken hasste er sich umso mehr. Er erinnerte sich zurück an Paula.

Sie war ein paar Jahre älter als er gewesen. Beide wohnten in derselben Straße und Paulas Mutter fuhr sie und Jonas täglich zur Schule. Anders als Jonas' Mutter war sie Hausfrau, die für solche Dinge Zeit hatte. Irgendwann verliebte er sich in Paula; nicht von heute auf morgen, aber über die Jahre entwickelte er einen anderen Blick für sie. Er sah aus seiner noch kindlichen Perspektive ihre Wandlung zu einer jungen Frau. Und so wurden aus den vorher unbedeutenden leichten Berührungen beim Anschnallen Momente, an die er beim Erforschen seines Körpers oft dachte. Sie spürte seine veränderte Wahrnehmung und spielte damit. Für einen Kuss auf die Wange mähte er für sie den Rasen, ließ sich für die Lehrer Ausreden einfallen, wieso sie nicht in die Schule gehen könnte, und für andere ihrer Gaben machte er sogar Sachen, die nicht ganz legal waren. Ihre Mutter, die dieses Spiel bemerkte und ihrer Tochter ins Gewissen zu reden versuchte, fragte ihn einmal, wieso er das für sie tue. *Aus Liebe* war seine Antwort. Und da hatte er zum ersten Mal diesen Satz zu hören bekommen: »Woher weißt du schon, was Liebe ist?«

Eine frostige Brise schlug ihm ins Gesicht. Er musste sich nach vorne lehnen, damit ihn der Parker, der im Wind wie ein aufgespanntes Segel wirkte, nicht umriss. Er irrte umher und war drauf und dran, entgegen seines Vorhabens Frank anzurufen, denn jede Straße wirkte gleich und der Heimweg unendlich weit. Sein Handy gab einen Piepton von sich. Der Akku hatte sich verabschiedete. So hatte sich die Option mit Frank erledigt. Als er hinter sich die Lichter eines Autos aufleuchten sah, keimte in ihm neue Hoffnung auf. Nicht, dass er per Anhalter mitfahren wollte, aber möglicherweise könnte er sich ein Handy borgen. Er drehte sich um und blickte in gelbliche Scheinwerfer.

Das Auto raste direkt auf ihn zu.

»Guten Morgen. Gut geschlafen?«, fragte Bertold freudig und zugleich schuldbewusst. »Tut mir leid, dass ich gestern erst so spät ins Bett gekommen bin. Hatte eine Glückssträhne.«

Sein Glück war auch ihr Glück gewesen. Er hatte Helenas nächtlichen Ausflug nicht bemerkt. Bevor er sich ihr zuwandte, öffnete er das Fenster. Sie kroch weiter unter ihre Bettdecke.

»Guten Morgen, Bertold, macht nichts. Ich war so müde, dass ich sehr schnell eingeschlafen bin.«

»Schön. Übrigens ich muss dir noch was sagen«, er schüttelte den Kopf. »Also gestern ist vielleicht was passiert. Ich wollte dich eigentlich noch wecken, aber dann dachte ich mir, dass dich das nur aufgewühlt hätte. So ein Landstreicher war auf unserem Grundstück.«

»Ein Landstreicher?«, fragte Helena.

»Ja, ob du es glaubst oder nicht. So ein Typ mit verfilzten Haaren und einer Jacke, wie sie eben Obdachlose tragen. Ich war kurz davor, die Polizei zu rufen, entschied mich dann doch dagegen.«

Er entschied sich auch dagegen, ihr von der offenen Terrassentür zu erzählen und von der Angst, die er um Amelie gehabt hatte.

»Durch meine Zeichensprache mit dem Messer bekam er wohl Panik und lief davon.«

»Zeichensprache? Bertold, ich verstehe kein Wort.«

»Tut mir leid. Ich erkläre es dir ein andermal. Ich muss jetzt los. Sag mal, wo ist denn dein Auto? Als ich Amelie heute Morgen in den Kindergarten gebracht habe, stand deines nicht da. Hattest du es gestern nicht in die Einfahrt gestellt?«, er hielt kurz inne. »Oh nein, nein. Das kann nicht wahr sein. Hat der Landstreicher etwa das Auto gestohlen?«

Das war ihre Chance. Sie tat übertrieben entsetzt, aber gerade so natürlich, dass er keinen Verdacht schöpfte, und ließ ihren Kopf auf das Kissen fallen.

»Bertold! Hat er etwa meinen Wagen gestohlen?«

Er schüttelte verdattert den Kopf und sagte: »Das…das kann nicht sein. So eine Scheiße! Hätte ich mal die Polizei gerufen. Es tut mir leid.«

»Da kannst du doch nichts für.«

»Obwohl…vielleicht gar nicht so schlimm. Die gelben Lichter waren ja eh nicht mehr in Deutschland erlaubt.«

»So brauchst du mir jetzt nicht kommen, Bertold.«

»Natürlich. Verzeihung. Ich werde noch heute eine Anzeige erstatten, aber jetzt muss ich erstmal los zur Arbeit. Und bevor ich es vergesse«, er zog einen Notizblock aus der Hosentasche, »Susanne hat auf den AB gesprochen und…«, da unterbrach ihn Helena.

»Jedes Mal das Gleiche. Geh doch bitte einmal ran.«

»Du weißt, dass ich sie nicht ausstehen kann – Was wollte ich eben sagen?«, er schielte auf den Block. »Amelie ist nach dem Kindergarten bei einer Freundin und übernachtet dort. Sie heißt Lena, genau. Bei mir wird es ebenfalls später. Beim neuen Projekt gibt es noch einiges zu tun. Warte also nicht mit dem Essen auf mich.«

»Na gut.«

Er warf ihr einen Kuss zu. Durch die geschlossene Tür rief er: »Ich liebe dich.«

Sie wollte gerade »Ich dich auch« rufen, da hörte sie die Haustür ins Schloss fallen.

Erst mit der anschließend einsetzenden Ruhe spürte sie das Unbehagen, das sie bereits am Abend zuvor heimgesucht hatte. Im Badezimmer befand sich ihre Hausapotheke. Als sie aber von der Bettkante aufstehen wollte, knickte sie um.

Sie fühlte sich wie Gregor Samsa und war nicht in der Lage, sich selbst aufzuraffen. Nackt auf dem Boden liegend und die Zimmerdecke anstarrend, machte es Klick: Der Landstreicher, Jonas, das Auto, der Unfall. Die Puzzleteile fügten sich zu einem großen Ganzen. Irgendetwas musste sie tun. Also robbte sie zu ihrem Handy. Auch auf die Gefahr hin, wieder lügen zu müssen, wählte sie Bertolds Nummer, aber er nahm nicht ab. Es gab sonst nur eine Person, die sie noch anrufen konnte.

Die Sirenen heulten. Die Menschen krochen wie Erdmännchen aus ihren Höhlen, reckten die Hälse nach oben und beobachteten neugierig den vor ihrem Bau haltenden Rettungswagen. Schnell bildeten sich in den gepflegten Vorgärten Grüppchen, welche, die Köpfe zusammengesteckt, tuschelten und tratschten. Für einen kurzen Moment war die ruhige Vorortidylle durchbrochen. Sobald allerdings das blaue Licht des eintreffenden Polizeiwagens ihre Gesichter offenbart hätte, zogen sie sich so schnell, wie sie gekommen waren, wieder in ihre Erdspalten zurück. Nur ein Mädchen blieb. Es näherte sich ungläubig den Sanitätern und wurde erst beim Anblick des Verletzten von Uniformierten zurückgehalten. Als die Einsatzfahrzeuge abfuhren, gab es ein letztes Hervorlugen durch die Vorhänge und alles verfiel wieder in seinen Schein.

»Hallo Herr Taub, hören sie mich?«, drang es rauschend in sein Ohr. »Wir werden Sie jetzt hochheben. Keine Angst, es passiert Ihnen nichts. Wir kümmern uns um Sie.«

Ihn starrten allerlei Augenpaare an, Münder redeten auf ihn ein, aber es war alles so fern. Vor einigen Jahren hatte er den Film *Bubble Boy* gesehen. Ein Leben in einer Blase, isoliert von der Realität. Es könnte auch ein paar Vorteile haben, überlegte er: In der Bahn hätte man seinen persönlichen Freiraum, niemand könnte sich neben einen setzen, man hätte einen Schutzschild gegen nießende Keimschleudern, wäre so viel seltener krank, müsste nicht die laute Musik pubertierender Kinder ohne Kopfhörer ertragen und vor allen Dingen wäre man etwas besser vor plötzlich heranrasenden Autos geschützt. Das war sein letzter halbwegs klarer Gedanke. Danach gab es einen Cut, der den Erinnerungsstrang durchtrennte.

»Herr Taub, schön, dass Sie wieder bei uns sind«, strahlte die kleine Frau, die neben seinem Bett stand. Sie war leicht übergewichtig, trug einen weißen Kasack und hatte einen Pagenschnitt.

»Bitte, einfach nur Jonas und…«, bevor er aussprechen konnte, sagte die ungeduldige Schwester: »Gut, Jonas. Wissen wir denn, wo wir hier sind?«

»Du, bitte, duzen Sie mich doch.«

Er schaute ihr dabei nicht in die Augen, sondern auf das Klemmbrett, mit dem sie unruhig in der Hand spielte. Diese vermeintliche Höflichkeit des Siezens hatte er noch nie leiden können, aber noch verhasster war ihm dieses Wir-Getue.

»Auch gut. Also Jonas, weißt du, wo du hier bist?«

»Schwierig. Ich würde raten, da Sie wie eine klassische Krankenschwester aussehen und sprechen, vielleicht in einem Krankenhaus«, sagte er.

»Sehr gut. Lass das aber ja nicht meine jungen Kollegen hören, die nennt man mittlerweile Gesundheits- und Krankenpfleger.«

»Achso.«

»Sollen wir jemanden für dich benachrichtigen?«, fragte die Krankenschwester.

»Nein.«

Jonas versuchte, sich aufrecht hinzusetzen, doch scheiterte daran. Die Schmerzen waren zu groß. Er stöhnte.

»Hier hast du einen Knopf, wenn es wehtut, drück ihn. Er ist mit einer PCA-Pumpe verbunden.«

Ohne zu wissen, was das bedeutete, drückte er den Knopf.

»Danke. Was ist eigentlich passiert? Ich erinnere mich an nichts. Nur an ein Auto.«

»Du warst in einen Unfall verwickelt. Dabei hast du wohl ein Hirntrauma erlitten und leidest nun an einer retrograden Amnesie. Das bedeutet, dass du die Ereignisse, die im Zeitraum vor der Hirnschädigung liegen, nicht mehr abrufen kannst. Das wird dir der Arzt noch genauer erläutern. Viel mehr wissen wir momentan nicht. Ich habe gehört, dass du ein Glückspilz bist. Ein Mann hat dich gefunden und den Notarzt verständigt. Man war also schnell bei dir. Dein Rucksack und deine Wertsachen liegen übrigens im Spint.«

Jonas schaute sich um. Er hatte Glück gehabt, dachte er, denn er lag als Kassenpatient in einem Einzelzimmer. Die elektrischen Geräte brummten ebenso wie sein Kopf. Bevor die Krankenschwester das Zimmer verließ, schaltete sie das über seinem Bett hängende Radio ein.

»Damit du dich nicht langweilst.«

»Warten Sie«, sagte er. »Erklären Sie mir das nochmal genauer. Ich…ich kann mich einfach an nichts erinnern.«

»Mehr weiß ich nicht. Tut mir leid. Die Polizei wird sich bestimmt noch mit dir in Verbindung setzen.«

Im Zusammenspiel mit dem Krankenhausfunk entfaltete das Analgetikum seine einschläfernde Wirkung. Die Schmerzen ließen nach und ein wohliges Gefühl trat ein. Er hatte noch ein paar Mal auf den Knopf gedrückt. Die Gedanken flogen davon. Er versuchte sie zu ordnen, doch sie lagen im Trüben.

Plötzlich wurde er jedoch aus seiner Traumwelt gerissen, denn jemand klopfte an die Tür.

✧

Die Beine kribbelten noch immer. Nackt lag sie auf dem Dielenboden. Sie fröstelte aufgrund der kühlen Luft, die durchs offene Fenster strömte, weshalb sie sich eine Decke vom Bett zu angeln versuchte. Auch war ihr nicht daran gelegen, dass der erwartete Besuch sie so zu Gesicht bekäme. Doch ihre Arme waren zu kurz und sie konnte das Zudeck nicht erreichen.

»Hier bin ich, Björn Philipp!«, rief sie so laut sie konnte. Mit aller Kraft reckte sie ihre Arme nach oben und winkte.

»Siehst du mich? Hier! Hallo!«, sie wurde immer hysterischer.

»Helena? Bist du hier«, sprach Björn Philipp, der im Garten auf und ab ging, »oder wo bist du?«

»Jaaa!«, mit letzter Kraft stieß sie einen Hilferuf aus. Erschöpft ließ sie die Arme auf die Dielen fallen.

Björn Philipp streckte seinen Kopf durch das offene Fenster und sah sie nackt auf dem Boden liegen. Sie schaute ihm tief in die Augen.

»Endlich. Komm herein.«

»So habe ich dich lange nicht gesehen«, sagte er beim Hineinsteigen fast emotionslos.

Dann half er ihr auf, hievte sie in ihr Bett und deckte sie lieblos zu.

»Danke. Wirklich«, stöhnte sie.

»Was ist denn los mit dir?«, fragte er, wobei es nicht sonderlich besorgt klang. Weil er das selbst bemerkte, setzte er sich auf die Bettkante, nahm ihre Hand und streichelte sie.

»Das war jetzt aber kein neuer Trick, alte Zeiten aufleben zu lassen, oder?«

»Nein, nein. Mir war nur etwas komisch und ich bin umgeknickt. Ich glaube, ich muss mich nur ein wenig ausruhen.«

»Wenn du das sagst. Ich habe dir auch deine Post aus der Uni mitgebracht.«

»Du bist ein Schatz«, flüsterte sie und neigte sich zu ihm. Ihren Kopf legte sie auf seine Oberschenkel.

»Helena, man kann nicht hü und hott sagen«, wehrte er sie ab. Er stand auf und nickte ihr zu.

»Ich benutze jetzt die Haustür, ich hoffe, das ist in Ordnung«, verkündete er und schritt hinaus. »Nächstes Mal lass dir etwas Besseres einfallen.«

Sie wandte sich ab, ohne ihm hinterherzuschauen. Als sie so dalag und langsam wieder die Kontrolle über ihren Körper zurückeroberte, realisierte sie allmählich die drohende Gefahr: Ihr Auto stand in einer Seitenstraße unweit des Unfalls. Sie wusste zwar nicht, ob es einen Schaden davongetragen hatte, aber dennoch war ihr nicht wohl zumute, ihn dort stehen zu lassen. Aus den Vorabendkrimis kannte sie die High-Tech-Methoden der Polizei. Zwar war ihr Vater Anwalt, doch ihn wollte sie keinesfalls in die Sache hineinziehen. Weil ihr sonst niemand einfiel, der ihr helfen könnte, beschloss sie, die Sache selbst zu erledigen.

✦

Erneutes Klopfen. Jonas schwieg. Eine Krankenschwester wäre einfach hineingeplatzt, eine Gesundheits- und Krankenpflegerin wohl auch. Er erwartete keinen Besuch und auf seine Mutter konnte er verzichten.

Da er noch studierte und ein sehr geringes Einkommen hatte, war er familienversichert. Irgendwie musste sie dadurch von seinem Unfall erfahren haben, glaubte er. Das Klopfen wurde lauter. Er drehte sich in Richtung des Fensters um und hoffte, seine Mutter verschwände von selbst. Doch ohne ein weiteres Mal zu pochen, betrat jemand das Zimmer.

»Jonas, ich bin es.«

Die Stimme klang nicht wie die seiner Mutter.

»Hoffentlich store ich dich nicht? Wie geht es dir?«

Erstaunt schaute er über seine Schulter. Es war Kate. Ohne jegliche Regung stand sie am Fußende des Bettes. Sie trug einen smaragdgrünen Cardigan, der in dem kahlen Raum förmlich leuchtete. Der Teil abwärts ihrer Hüfte war von Jonas' Platz aus nicht zu sehen.

»Wie geht es dir?«, hakte sie nach.

Ohne auf ihre Frage einzugehen, sprudelte es aus ihm heraus: »Was? Wie? Woher weißt du, dass ich hier bin?«

»Ich war dort. Es passierte in unserer Straße.«

»Wie bitte?«, fragte er perplex. »Du warst da? Wo war das genau? Das gibt es ja gar nicht. Was für ein Zufall.«

»Ich glaube nicht an Zufalle«, entgegnete sie schroff.

Luft strömte aus seiner Lunge. Er atmete tief durch und ersparte sich einen Kommentar. Als sie sich das letzte Mal gesehen hatten, war er unfreundlich genug gewesen.

Er kratzte sich mit der Hand verlegen am Kopf: »Kannst du mir sagen, was genau passiert ist?«

»Nein, leider nicht. Ich sah dich erst, als der Rettungswagen da war. Wie geht es dir denn?«

»Mir geht es ganz gut. Den Umständen entsprechend. Danke übrigens, dass du mich besuchen kommst.«

»Sehr gerne. Das ist fabelhaft!«, freute sie sich.

Ab und an konnte Jonas bei Kate nicht erkennen, ob sie das, was sie sagt, auch wirklich so meinte, da es so formelhaft, geradezu auswendiggelernt klang. In diesem Moment allerdings sprach ihre Mimik eine eindeutige Sprache. Sie lachte über bei Ohren und ihre makellosen Zähne kamen zum Vorschein.

»Sag mal, Jonas. Was wolltest du bei uns in der Gegend? Du wohnst doch am anderen Ende der Stadt, wenn ich mich nicht irre.«

Darauf wusste er keine Antwort. Er hielt sie für sensibel und wollte ihr keine Angst machen, daher verschwieg er seine Amnesie. So stotterte er bloß und blickte verlegen aus dem Fenster. Sie interpretierte das auf ihre Weise und war sichtlich verlegen.

»Du bist niedlich.«

Sie zwinkerte ihm zu, ging um das Bett herum und nahm seine Hand. Erst jetzt sah Jonas, dass sie einen Batikrock trug. Er erstarrte.

»Ich weiß, das Muster ist etwas gewohnungsbedurftig. Habe es auf dem Hippie-Festival gekauft. Anna hatte mir dazu geraten. Sie sagte, immer nur einfarbige Rocke«, sie verbesserte sich, »Röcke seien langweilig.«

Er wusste nicht, was er sagen sollte, und zog seine Hand zurück. Bilder aus der Nacht mit Helena blitzten vor seinem geistigen Auge auf: ihr hochgeschobener Batikrock, ihre nach Talg riechenden Haare, ihre schmalen, dunkelrot geschminkten Lippen.

»Findest du ihn so schlimm?«, fragte sie schüchtern.

»Nein, nein, das ist es nicht.«

»Was ist es dann? Sag schon!«, erwiderte sie selbstbewusst. »Weil ich deine Hand nahm? Tut mir leid. Ich dachte nur«, sie hörte auf zu sprechen und schluckte.

Helena konnte er nicht erwähnen, das war ihm klar. Er hätte lügen und ihr von einem anderen Mädchen erzählen können, aber auch das brachte er nicht übers Herz. Außerdem fühlte er sich geschmeichelt, da sie sichtlich Interesse an ihm hatte. Das Letzte, an das er sich bei Helena erinnern konnte, war die E-Mail, in der sie ihm mitteilte, ihn nicht mehr sehen zu wollen.

»Das hat nichts mit dir zu tun, Kate. Ich mag dich. Bestimmt werde ich in den nächsten Tagen entlassen, wie wäre es also, wenn ich dich dann anrufe und wir uns auf einen Kaffee treffen?«

»Lieber Tee«, hauchte sie.

Jonas musste erneut an Helena und ihr Faible für Frankreich denken. In seinem Kopf ergänzte er die Parole um Egalité und Fraternité.

»Sonst sehr gerne, Jonas. Bis bald.«

Beide lagen in ihren Betten. Zusammen allein. Jonas dachte an Helena. Helena dachte daran, was sie tun musste, damit keine Spur zwischen ihr und Jonas zu finden war.

Sie hätte das Kennzeichen entfernen und den Wagen in einen Wald schieben können, doch das hielt sie für eine dumme Idee. Irgendwann hätte man ihn entdeckt und durch die Lack- und Glassplitter oder Fahrzeugteile wäre der Wagen mit dem Unfall in Verbindung gebracht worden, glaubte sie. Außerdem wäre man schnell auf sie gekommen, da ihr Citroën in dieser Gegend ein Unikat war. Die meisten fuhren nagelneue Geländewagen, um im Vorortdschungel standesgemäß zum Einkaufen und die Kinder zur Schule zu fahren. Das auffällige Auto musste also von hier verschwinden, dachte sie und schmiedete einen Plan. Sie zog sich an, startete ihren Computer, buchte ein Ticket, nahm eine Tasche für die Habseligkeiten aus dem Auto mit und fuhr los. Etwa zwölf Stunden Zeit blieben ihr, bis Bertold wieder nach Hause kam. Allein für die Hinfahrt brauchte sie knapp acht Stunden: A2, A1, A4, die erste Grenze und durch Belgien hindurch, dann die zweite Grenze und ein gutes Stück durch Frankreich. Einmal getankt, sicherheitshalber mit Bargeld bezahlt.

Je näher sie ihrem Ziel kam, desto besser wurde das Wetter. An eine Sonnenbrille hatte sie nicht gedacht. Also klappte sie die Sonnenblende herunter und kniff die Augen zusammen. Ihre Stimmung war hervorragend. Die Nervosität und Ungewissheit waren wie verflogen. Sie zündete sich eine Zigarette an. Lauthals trällerte sie die

Lieder im Radio mit. Das liebte sie an Frankreich: Die Hälfte aller Lieder mussten französischsprachig sein.

Noch bevor sie das Ortsschild Rouens passiert hatte, sah sie die Spitze der Kathedrale emporragen. Neben ihr reihten sich viele weitere auf. Manche nannten Rouen die Stadt der 100 Glockentürme. In Helena stellte sich ein wohliges Heimatgefühl ein. Es war eine dieser Empfindungen, die sich kaum beschreiben ließ, aber die jeder kannte, der schon einmal zurück an einen Ort kam, an dem er gelebt, geliebt und den er in sein Herz geschlossen hatte. Wie gerne wäre sie weiter nach Saint-Valery-en-Caux gefahren und nie wieder umgekehrt. Doch zu Hause warteten allerlei Verpflichtungen, denen sie nachkommen musste. Jedoch schwor sie sich, eines Tages wiederzukommen. Sie fuhr die Stadtautobahn entlang vorbei am Universitätsklinikum. Da kamen Erinnerungen an Aimée und ihre Schwester auf.

Aimée war nur wenige Monate älter als sie gewesen. Sie hatten sich im *Ango* kennengelernt, einem Studentenwohnheim auf dem Campus, in dem sie die ersten Wochen verbracht hatte. Die Zimmer waren klein, hatten kein eigenes Bad und waren dreckig, aber dafür günstig. Die Bewohnerschaft bestand ausschließlich aus internationalen Studenten. Eines Nachts, als sie vom vielen Rotwein, den sie auf einer Party für Erasmusstudenten getrunken hatte, auf die Toilette musste, sah sie Aimée auf dem Flur sitzen und weinen. Ihr Freund aus Deutschland, der in dem Wohnheim wohnte, hatte gerade Schluss gemacht. So lernten sie sich kennen. Über Wochen hinweg sahen sie sich fast täglich: Gemeinsames Kochen,

Trinken und Feiern. Viele dieser Tage waren ihr kaum mehr im Gedächtnis, denn sie lagen in einem Dunst aus Alkohol und anderen Drogen. Aimée kannte die halbe Stadt und die halbe Stadt kannte sie. So gab es kaum einen Abend, an dem sie nicht unterwegs waren. Nur sonntags und montags hatte fast alles geschlossen, weshalb sie an diesen Tagen oft Aimées kleine Schwester im Krankenhaus besuchten. Sie litt am Morbus Niemann-Pick-Syndrom Typ C, einer autosomal-rezessiven Stoffwechselkrankheit. Von Woche zu Woche ging es ihr schlechter. Zu allererst verlernte sie das Laufen, dann das Sprechen und zum Schluss machten ihr so viele Symptomen zu schaffen, dass sich Helena nicht mehr an alle erinnern konnte. Das Leben kannte keine Gnade, kein Erbarmen und kein Mitleid. Der Tod genauso wenig. Sie starb qualvoll, unbemerkt in der Nacht. Nie die Welt gesehen, nie die Liebe. Monatelang trauerte Helena, obwohl sie Aimées kleine Schwester nur wenige Wochen kannte. Mit ihrem Tod war der Kontakt zu Aimée abgebrochen. Seitdem konnte sie keine Krankenhäuser mehr betreten.

Der rote Citroën überquerte die Brücke, die über die kleine Flussinsel Île Lacroix führte. Auf der linken Seite sah sie das Schwimmbad, von wo aus man die *Seine* sehen konnte, weshalb sie sich manchmal vorgestellt hatte, vom Außenbecken dort hinüberzuschwimmen. Nach zehnminütiger Fahrt kam sie vor einem renovierten Backsteinhaus zum Stehen. Parkplätze waren rar, doch sie hatte Glück und zwängte sich geschickt in eine enge Lücke.

Sie betrachtete sich im Rückspiegel, zog den Lippenstift nach und wechselte ihre Schuhe. Bevor sie ausstieg, zögerte sie einige Sekunden. Mit ihrem offenen hellblauen Mantel, dem blauweißen Ringelshirt, dem roten Rock und den schlichten schwarzen Stilettos sah sie französischer als die Bewohner Rouens aus. Es fehlte ihr nur noch das Baguette unterm Arm. Aber Hunger hatte sie keinen, denn ihr Magen zog sich mit jedem Schritt, mit dem sie sich dem Haus näherte, enger zusammen. Sie drückte so behutsam auf die Messingklingel, dass sie sich nicht sicher war, ob sie überhaupt geläutet hatte. Ein Knacken war zu hören, dann knarzte eine Frauenstimme: »Un moment.«

»Oui, très volontiers«, antwortete Helena, ohne zu zögern. Man merkte an der Aussprache, dass ihre Französischkenntnisse eingerostet waren.

Durch das kleine Türfenster sah sie eine weißhaarige Dame, die langsam eine Treppe herunterkam. Sie öffnete die Tür und begrüßte Helena mit nur einem Wort: »Deutsch?«

»Je parle un peu français« sagte Helena freundlich.

»Non, non, non«, winkte die Dame ab. »Reden wir lieber auf Deutsch.«

»Schön. Sie sprechen ja akzentfrei. Woher können Sie so gut Deutsch?«

»Junge Frau, was wollen Sie? Meine Serie hat gerade angefangen. Wenn es nicht dringend ist, kommen Sie ein andermal wieder«, fuhr sie Helena harsch an.

Helena verstand nicht, wie man seinen Lebensabend mit dem Gucken von Soaps verschwenden konnte.

»Nur einen Moment bitte. Ich suche Kylian. Wohnt er nicht mehr hier?«

Helena hatte ihn mit ihrer Familie vor etwa fünf Jahren das letzte Mal besucht. Sie hatten sich danach noch ein paar Mal geschrieben. Einen Umzug hatte er nie erwähnt.

»Mein Kylian. Hat er Ärger? Sind Sie vom deutschen Finanzamt? Es gibt nichts bei ihm zu holen. Er hat keine eigene Wohnung, keinen Job, kein Auto.«

»Nein, nichts dergleichen. Ich wollte ihm nur etwas zurückgeben.«

»Er ist zurzeit im Urlaub. Solange er weg ist, wohne ich hier. Geben Sie mir, was sie ihm geben wollen, ich hebe es solange auf.«

Helena überlegte kurz, bäumte sich auf und sprach dann mit fester Stimme: »Sie warten bitte hier. Ich bin in fünf Minuten zurück.«

Sie sprintete zum Auto und kramte im Handschuhfach. Dort fand sie einen Kugelschreiber und einen ausgeblichenen Kassenbeleg. Ihr Handy summte, doch sie ignorierte es. Eilig krickelte sie Folgendes auf die Rückseite des Bons:

Lieber Kylian,

es ist reichlich spät, das Richtige zu tun. Dein Wagen steht direkt vor dem Haus. Bitte nimm ihn als Entschuldigung an und kontaktiere mich nicht mehr.

In Liebe
Helena

Dann hastete sie zurück zur Wohnung. Die Haustür war geschlossen. Helena klingelte viele Male, doch die alte Dame reagierte nicht. Die lauten Geräusche eines Fernsehers drangen nach draußen.

Also wickelte sie das Papier um den Autoschlüssel und warf beides in den Briefkasten. Hastig schaute sie auf die Uhr und rief sich ein Taxi. Sie hatte noch eine Stunde Zeit, bis der Flieger abhob. Erst mit dem Rattern des Taxameters merkte sie, dass sie sich gar nicht von ihrem *Chéri* verabschiedet hatte. Beim Vorbeifahren schaute sie aus dem Fenster. Als sie ihren Citroën vor dem im Abendlicht glänzenden Backsteinhaus stehen sah, fiel ihr auf, wie ausgeblichen der rote Lack war.

Bertold saß als einziger im Konferenzraum. Er war wie immer überpünktlich. Penibel breitete er seine Arbeitsutensilien aus. Der Füllfederhalter lag parallel zum Notizblock, das *iPhone* orthogonal. In seinem Kopf ging er den vorgeschriebenen Text seiner Präsentation noch einmal durch. Da klopfte seine Sekretärin an die Glastür. Er winkte sie herein.

»Herr Rotheld, tut mir leid, es Ihnen so spontan sagen zu müssen, aber der neue Investor hat den Termin verschoben. Möchten Sie ein Nachmittagskäffchen?«

Bertold stöhnte und antwortete mit einem langsamen Kopfnicken. Er räumte alles bis auf das Handy in seine dunkelbraune Aktentasche und begab sich in sein Büro. Auf dem Weg dorthin schrieb er Helena eine Nachricht.

Soll ich Brot und Butter mitbringen?

Der Kaffee stand bereits auf seinem Schreibtisch. Er schmeckte erdig. Eigentlich hätte er sich auf den nächsten Tag vorbereiten können, doch seine Laune war am Tiefpunkt. Somit beschloss er, zum Polizeipräsidium zu fahren, um dort die Anzeige wegen des Autodiebstahls aufzugeben. Das ging schneller vonstatten, als er gedacht hatte. Also fuhr er, da Helena nicht geantwortete hatte, noch zum Supermarkt. Anders als viele Männer kaufte er gerne ein. Erst recht zu dieser Zeit, wenn das Rentnervolk schon weg, aber die arbeitende Bevölkerung noch nicht da war. Die Gänge waren leer, nur ein Mann regte sich darüber auf, dass es bereits Spekulatius und Lebkuchen zu kaufen gab.

Auf dem Heimweg fuhr er an einer Spielothek vorbei. Erfolgreich kämpfte er gegen den Drang an. Zu Hause angekommen, bemerkte er, dass Helena nicht da war. Er machte sich Sorgen, da der Versuch, sie anzurufen, scheiterte.

✧

Die Boenig setzte zum Landeanflug an. Die Reifen berührten sanft den Asphalt. Helena rollte mit den Augen, als einige Passagiere zu klatschen begannen. Weil das Flugzeug statistisch das sicherste Verkehrsmittel war, war sie der Meinung, dass man lieber dem Taxifahrer applaudieren sollte. Sie tat es zwar nicht, bedankte sich allerdings mit einem großzügigen Trinkgeld. Beim Aussteigen erschrak sie, denn sie erblickte Bertolds Audi. Sie drehte ihr Handgelenk und schaute auf die Uhr. Er war früher als geplant zu Hause.

»Wo warst du?«

Sie holte Luft: »Also das ist eine Geschichte.«

»Warum hast du so eine große Tasche dabei?«, fragte er argwöhnisch. »Gib her, ich nehme sie dir ab.«

»Meine Sportsachen. Danke, ich bringe sie schnell selbst ins Bad. Dann kann ich die Sachen gleich waschen.«

»Deine Sportsachen? Seit wann machst du Sport?«

»Ich sagte doch, dass es eine längere Geschichte sei.«

Der Gong der Tagesschau läutete. Da kam die Krankenschwester herein und zog die Vorhänge zu.

»Damit dir auch niemand etwas wegguckt«, zwinkerte sie. »Der Arzt kommt gleich.«

»So spät?«

»Ja, er muss noch etwas mit dir besprechen.«

Jonas schaltete den Fernseher aus, zog die Bettdecke hoch und setzte sich gerade hin.

»Keine Eile. *Gleich* ist bei Ärzten dehnbar.«

Sie lachte über ihre eigene Bemerkung und verließ das Zimmer. Er stöhnte und ließ sich auf die Matratze fallen. Sein Rücken entspannte sich sogleich. Der große Zeiger der Uhr überrundete den kleinen.

»Guten Abend, Herr Taub. Wie geht es uns?«, sagte der südländisch aussehende Arzt.

»Mir geht es gut. Ich weiß nicht, wie es Ihnen geht. Sagen Sie mir lieber, wann ich mich an alles erinnere.«

»Schön, schön. Dazu kann ich jetzt noch nichts sagen. Eine retrograde Amnesie verläuft bei jedem anders. Ich bin hier, weil wir über Ihren Unfall sprechen müssen. Also nicht ich, Sie sollten das tun. Haben Sie schon einmal von PTBS gehört?«

»PTB – was?«

»Posttraumatische Belastungsstörung. Sie kann als Reaktion auf einen Unfall beziehungsweise ein Trauma auftreten. Daher raten wir Ihnen zu einer Psychotherapie«, sagte er, wobei er in eine Stimme verfiel, die Erwachsene bei Kleinkindern benutzten.

»Danke, ich denke, das ist nicht notwendig. Mir geht es gut, jedenfalls geistig. Nur weiß ich immer noch nichts über den Unfall und alles davor.«

»Die Amnesie scheint den ganzen Tag zu betreffen«, grübelte er. »Interessant. Ob die Erinnerung wiederkommt, weiß ich nicht. Ich hoffe es.«

Er schaute Jonas mitleidig an.

»Aber nun zur PTBS. Sie kann auftreten, muss sie aber nicht. Als reine Vorsichtsmaßnahme sollten Sie ein Gespräch mit unserem Psychiater führen. Danach sehen wir weiter.«

Er tätschelte Jonas die Schulter und wünschte ihm einen guten Schlaf. Es war halb Neun.

Jonas' Telefon, das eine der Gesundheits- und Krankenpflegerinnen für ihn aufgeladen hatte, vibrierte. Da er nicht wusste, ob Handys in Krankenhäusern immer noch verboten waren, las er die Nachricht unter seiner Bettdecke. Das grelle Displaylicht blendete ihn. Kate hatte ihm geschrieben. Er antwortete. Sie antwortete wieder. Er antwortete. So ging das den restlichen Abend lang. Es war eine willkommene Abwechslung zum tristen Fernsehprogramm. Die Zeit verging wie im Nu. Sie wünschte ihm eine gute Nacht. Bevor Jonas dies erwiderte, fragte er sie, ob sie ihn nicht am nächsten Tag erneut besuchen wollte. Ging es vorher im Sekundentakt hin und her, dauerte es dieses Mal eine Weile.

Er legte das Handy auf den Beistelltisch, griff es jedoch nach nur wenigen Sekunden wieder. Nervös tippte er mit seinem Zeigefinger auf den Lautstärkeregler, damit er die Nachricht auch ja nicht verpassen konnte. Dann klingelte es. Sie antwortete mit zwei Satzzeichen: Doppelpunktklammerzu.

✧

Helena quetschte die ungeöffnete Tasche in die moderne, silberfarbene Waschmaschine. Sie konnte sich sicher sein, dass Bertold dort niemals hineinschaute. Zu Beginn ihrer Beziehung hatte sie versucht, ihn an die häuslichen Pflichten heranzuführen. Vielleicht hatte er sich clever verhalten oder er war wirklich unfähig gewesen, denn bei seinem ersten Waschgang waren alle Kleidungsstücke eingelaufen. Seitdem war er zumindest von dieser Aufgabe befreit.

»Der Kaffee ist fertig«, rief Bertold. Er konnte ihn zu jeder Tages- und Nachtzeit trinken.

Da sie ihn nicht verärgern wollte, eilte sie los. Er hasste nichts mehr als kalten Kaffee. Sie setzten sich an den Küchentisch; jeder auf seinen Stammplatz.

»Dann leg mal los.«

Helena fuhr sich mit der Hand durch ihre zerzausten Haare und überlegte eine Weile, wie sie beginnen sollte. Dann fing sie an zu erzählen:

»Susanne rief ja gestern an. Du erinnerst dich, als du mal wieder nicht abgehoben hast?«, sagte sie mit einem Kopfschütteln.

Bertold brummte nur und nuschelte: »Ich mag sie eben nicht.«

»Nun denn. Ich rief sie zurück und sie schlug vor, sie besuchen zu kommen. Als erstes hatte ich keine Lust wegen der Sache mit meinem gestohlenen Wagen, aber dann sagte ich mir: Helena, lass dir die Laune nicht verderben und sei doch mal spontan!«

Bertold antwortete mit einem skeptischen *Aha.*

»Ich fragte sie, ob sie mich abholen könnte. Sie willigte sofort ein. Waren dann bei dem neuen vegetarischen Restaurant und sind danach beim Yoga gewesen.«

»Du machst also jetzt Sport«, sagte er und formte mit seinen Fingern Gänsefüßchen.

»Ja. Wenn man es richtig macht, ist Yoga auch Sport. Danach waren wir noch bei ihr zu Hause. Du solltest sie mal besuchen. Schön, diese ruhige ländliche Gegend. Nur der Handyempfang ist schlecht.«

»Okay. Und in diesem Outfit, besonders mit diesen hohen Schuhen, warst du auf einem Bauernhof?«

»Wer schön sein will, muss leiden«, entgegnete sie wie aus der Pistole geschossen.

Sie biss sich verführerisch auf die Unterlippe und legte ihre Hand auf die Innenseite seines Oberschenkels.

»Gefalle ich dir denn damit?«

»Nicht jetzt, Helena, mein Tag war anstrengend genug. Und dein sportlicher Tag wohl auch.«

Sie zog ihre Hand zurück und tat so, als wäre sie eingeschnappt: »Wenn das so ist. Ich gehe jetzt schlafen. Gute Nacht.«

Als sie auf dem Weg ins Badezimmer war, schaute sie sich um. Normalerweise reagierte Bertold darauf, schlurfte ihr hinterher und entschuldigte sich, denn eigentlich war sie eine Meisterin im Umkehren von Schuldgefühlen. Heute schien es ihr nicht gelungen zu sein.

Wie schon in den vorherigen Nächten wälzte sie sich in den Schlaf. Sie schreckte durch lautes Geschrei auf: »Scheiße, schon wieder verloren. Das gibt es doch nicht!«

Als sie wieder einzudösen versuchte, verspürte sie ein Taubheitsgefühl in den Gliedern, wie sie es in letzter Zeit häufiger bemerkt hatte. Mit einer Tablette schaffte sie es, wieder einzuschlafen.

Der Morgen war wie immer, der Vormittag auch. Lolo ging früh nach Hause und Helena verbrachte den restlichen Tag mit Amelie. Nach einer Urlaubswoche entschied sie sich dazu, wieder zur Arbeit zu gehen. Ihre erste Aufgabe bestand darin, die Hausarbeiten zu kontrollieren.

Das letzte goldfarbene Blatt fiel vom Baum. Der Winter nahte. Heiligabend stand vor der Tür. Die Kinder wurden mit Geschenken überhäuft, die Erwachsenen ärgerten sich, dass es nicht schneite. Man schleuderte Abermillionen in den dunklen Nachthimmel, die hell- und buntleuchtend wieder herabregneten, und feierte sich, wieder ein Jahr geschafft zu haben. Die letzten Vorsätze ebbten so langsam ab und die Tage wurden wieder länger. Ostern näherte sich. Die Kinder wurden mit Geschenken überhäuft, die Erwachsenen ärgerten sich, dass es regnete. Der Sommer war zunächst zu kalt, dann zu heiß und zum Schluss zu kurz. Die Tage wurden wieder kürzer und die ersten Blätter färbten sich orange. So ging das über sieben Jahre.

Teil II

Ein Zug raste an ihr vorbei. Helena spazierte an den Bahnschienen entlang. Der Luftzug schlug ihr eine kühle Brise entgegen. Früher hätten sie ihre langen Haare etwas geschützt; diese trug sie nun kurz. Sie fror und wickelte den Schal enger um ihren Hals. Langsam umherschlendernd, beobachtete sie zwei Kinder, die sich lachend gegenseitig mit Schneebällen bewarfen. Ein vorsichtiges Lächeln huschte über ihr Gesicht. Die Welt schien mit einer Watteschicht bedeckt zu sein, als könnte einem nichts passieren. Es war noch früh und die Sonne spähte kaum wahrnehmbar über den Horizont hervor.

Sie kam an einem kleinen gefrorenen See vorbei und erinnerte sich daran, wie gerne sie Schlittschuh gelaufen war. Das Eis sah dick aus und sie wagte sich behutsam auf die glatte Fläche. Plötzlich knackte es unter ihren Füßen. Für einen kurzen Moment überlegte sie, stehen zu bleiben, sprang dann aber auf das sie rettende Ufer. Als sie auf das freiliegende Wasser blickte, erkannte sie ihr Spiegelbild.

Sie war alt geworden. Den Kampf gegen die einst zarten Augenfältchen hatte sie schon lange aufgegeben. Doch es war nicht nur der Zahn der Zeit, der an ihr nagte. Ihr eigener Körper zerstörte sich langsam von selbst. Vor knapp zwei Jahr bekam sie die Diagnose: Multiple Sklerose. Die Krankheit der 1000 Gesichter. Vielleicht hätte sie diese Gewissheit schon eher haben können. Solange jedoch, wie es ihr möglich gewesen war, hatte sie aufgrund des Erlebnisses mit Aimées kleiner Schwester jedes Krankenhaus gemieden.

Mit der Diagnose ergab alles einen Sinn: Die Geschmacks- und Sehstörungen, das Taubheitsgefühl und die Muskellähmungen. Ihre Welt brach zusammen. All das, was sie sich mühsam über Jahre hinweg aufgebaut hatte, sollte auf einen Schlag enden. Mit zwei Buchstaben war ihr Schicksal besiegelt: MS.

Die Meinung der Ärzte war gespalten. Die einen sagten, eine späte Erkrankung sei gut, andere wiederum klangen, als sei ihr Leben nun vorbei. Nur bei einem waren sie sich einig, sie hatte eine schwere Form von MS. Die Krankheit schien zwar zu Beginn nur schubförmig zu verlaufen, dann aber immer progredienter. Zusätzlich folgten immer wieder aufgesetzte Schübe. Sofort bekam sie die entsprechenden Medikamente verschrieben. Die ersten Monate nahm sie alles zu sich, was irgendwie helfen könnte. Eine Langzeittherapie sei das Beste für sie, sagten die Mediziner. Aber die Nebenwirkungen machten ihr so zu schaffen, dass sie sich nach reiflicher Überlegung gegen eine langfristige Behandlung entschied. Stattdessen nahm sie bei akuten Schüben Kortison zu sich. Doch es half nicht lange und zeigte schon bald kaum mehr Wirkung. Dann versuchte man es mit einer Blutwäsche. Auch wenn es mitunter eine Tortur für ihren Kreislauf war, schien sie das einzig probate Mittel einer zumindest kurzfristigen Besserung zu sein. Da es in der Nähe ihres Zuhauses keine Möglichkeit der Plasmapherese gab, musste sie in ein weit entferntes spezielles MS-Zentrum.

Sie war den vorletzten Tag dort. Heute hielten sich die Müdigkeit und die Symptome in Grenzen. Bertold wollte sie am Nachmittag mit Amelie besuchen kommen. Deshalb versuchte sie, sich nicht allzu sehr zu verausgaben, und kehrte wieder in das graue Gebäude zurück. Es strahlte trotz einiger Bewohner eine Leere und Tristesse aus.

Jonas war absichtlich früh dran, denn donnerstags kamen die Kunden oft schon kurz nach Ladenöffnung. Am Anfang verwunderte ihn das, doch irgendwann sagte ihm eine ältere Dame, dass der Donnerstag der Freitag der Rentner sei, da man dann alles entspannt ohne die panische Hektik des beginnenden Wochenendes erledigen könnte.

Er stellte sein neues Mountainbike ab. Es war leicht, schick und modern, dafür war es jedoch nicht verkehrssicher. Er schloss die Haustür der kleinen Buchhandlung auf und drehte das Open/Closed-Schild um. Den Job in der Bar hatte er verloren und auch sein Studium hatte er abbrechen müssen. Mit der Hausarbeit, die er bei Helena abgegeben hatte, fiel er durch. Sie hatte seine dünne Faktenlage und die schlampige Literaturrecherche bemerkt. Wie bei jeder nicht bestandenen Leistung erhielt er eine Nachprüfung. Das Problem jedoch war, dass er nie gelernt hatte zu lernen, geschweige denn eine Hausarbeit zu schreiben. Sein Leben lang hatte er sich durchgemogelt. Zwar war er in der Schule ganz gut gewesen, aber er hatte nie etwas dafür getan. Er hatte schlichtweg Glück gehabt, dass die Lehrer gnädig, die Klausuren leicht oder seine Mitschüler hilfsbereit gewesen waren. Und so bestand er den Zweit- und Drittversuch nicht und wurde exmatrikuliert. Helena sah er nicht wieder. Frank, der Schuldgefühle hatte, weil er glaubte, Jonas betrunken auf den Geburtstag seiner Mutter gefahren und damit den Unfall eingeleitet zu haben, zog sich schnell und wortlos aus seinem Leben zurück. Als eine Art Abschiedsgeschenk vermittelte er ihm den Job in dem Buchladen, der seiner Schwester gehörte. Oft hatte Jonas versucht sich an die Nacht des Unfalls zu erinnern. Es war ihm nie gelungen und auch die Polizei hatte nie etwas herausgefunden.

Noch während seines Krankenhausaufenthaltes lernte er Kate näher kennen. Ihm ging es schnell besser, aber sein Körper war fortan von Narben gezeichnet. Im Gesicht blieb er bis auf ein Wundmal über dem linken Auge verschont. Nun war er nicht mehr unsichtbar. Menschen bemerken Makel und vergessen sie nur selten. Kate mochte ihn trotzdem. All die Narben hatten für sie nichts an Jonas geändert. Und auch er verliebte sich in sie, in das erste Mädchen, das ernsthaftes Interesse zeigte.

Er war oft leicht zu begeistern gewesen. Pfannkuchen, die ihm sein Opa als kleiner Junge immer zubereitet hatte, waren nach wie vor seine Leibspeise und nie wieder war ein Urlaub so schön gewesen wie die erste Reise mit seinem Vater.

Nachdem er aus dem Krankenhaus entlassen worden war, waren sie schon bald täglich gemeinsam unterwegs. Es folgte der erste Kuss und der erste Streit. Er wollte mit ihr schlafen, sie durfte und wollte nicht. Also heirateten sie. Sie entschied sich, seinetwegen in Deutschland zu bleiben. Seine Mutter weinte während der Trauung Tränen der Rührung. Auf Bitten Kates war sie eingeladen worden.

Die große Liebe passt erstaunlich oft in Doppelhaushälften, sagte einmal ein weiser Mann. Er schien recht zu haben. Die beiden wirkten glücklich.

Jonas betrat die Buchhandlung. Hohe Regale zierten die Wände. Es gab eine kleine hölzerne Empore, auf der eine Besucherecke eingerichtet war. Dort setzte er sich morgens für einen Moment hin. Er drehte den Heizungsregler auf. Die alten, beigefarbenen Eisenrohre gluckerten. Den Job hatte er sich anders vorgestellt, meist bestand er aus Kundenberatung, Aufräumen und Kassieren. Vor allen Dingen störte ihn die Unehrlichkeit. Nicht, dass er Mühe gehabt hätte, den Leuten das Buch schmackhaft zu machen, das ihm seine Chefin nahelegte, aber er fühlte sich unwohl dabei. Lieber vertrat er seine Meinung, ehrlich und authentisch. Ob er dadurch mehr oder weniger Bücher verkaufte, wusste er nicht, doch er handelte sich den Ärger seiner Chefin ein. Seitdem war er nur noch für das Lager, Putzarbeiten und alle möglichen Kleinigkeiten zuständig; außer morgens, denn sie schlief gerne länger und kam erst gegen elf Uhr.

Ausnahmsweise pünktlich hielt der weiße Lieferwagen mit den bestellten Büchern auf dem Gehweg vor der Tür.

Joe, der Lieferant, stieg lustlos aus dem Wagen und hob die Hand zum Gruß. An seinem engen T-Shirt und den Wurstfingern klebte etwas Braunes, das wie Schokolade aussah. Jonas fragte sich, wie er an den Job gekommen war.

»Moin Moin. Na, wie geht es dir?«, rief Joe noch außer Hörweite.

»Was?«

»Wie es dir geht, habe ich gefragt.«

»Wie immer«, ächzte Jonas und hievte die schwere Box von der Ladefläche. »Ich hasse es.«

Lässig am Transporter angelehnt, sagte Joe: »Bei mir auch wie immer.«

Sie brauchten nicht viele Worte. Mit einem lässigen Handschlag, bei dem sich Jonas bemühte, nicht die Schokoladenreste zu treffen, verabschiedeten sie sich. Der Lieferwagen fuhr davon.

Eifrig sortierte Jonas die gelieferten Bücher ein. Die Buchtitel und Klappentexte riefen geradezu danach, gelesen zu werden. Sie waren das Tor zur Freiheit. Bislang konnte er sich zügeln und betrat diese unendliche Welt der Fantasie während der Arbeitszeit nicht, doch mit jedem weiteren tristen Tag rückte die Versuchung näher.

Er hielt Benedict Wells *Spinner* in seinen Händen. Wie gerne wäre er einmal nach Berlin gezogen, aber irgendwie hatte er es nie geschafft. Das pulsierende Herz Deutschlands. Viele Menschen verabscheuten die Stadt, weil sie zu laut, zu dreckig und zu groß wäre. Jonas war der Meinung, dass man über Berlin nie als Ganzes urteilen könne. Jeder Kiez habe doch seine eigene Facette. Doch wer weiß, ob das stimmte? Das Leben in Deutschlands größter Metropole kannte er nur aus Büchern und Fernsehreportagen. Weiter als aus seinem Provinznest bis in eine mittelgroße Studentenstadt auszubrechen, hatte er nicht gewagt. Womöglich war es gut so, er wäre wahrscheinlich genauso gestrandet wie Jesper. Doch manches Mal wünschte er sich, diese Träume nicht verraten zu haben.

Nun war er 27 Jahre alt und es war nicht zu spät für Veränderungen, glaubte er. Allerdings müsste er erst einmal Geld verdienen. Darüber hinaus hatte seine Frau Kate zum ersten Mal die Möglichkeit, ihre Bilder in einer Galerie ausstellen zu dürfen. Immer mehr Menschen bezahlten dreistellige Summen für ihre Werke.

Die Türharfe erklang, denn eine Kundin betrat den Laden.

»Papa, ich habe keine Lust zu Mama zu fahren«, zeterte Amelie beim Gurtanlegen. »Da ist es immer so langweilig.«

Bertold versuchte sie zu besänftigen, indem er ihren Kopf kraulte: »Deine Mama freut sich schon auf dich.«

»Ist mir egal«, blaffte sie.

»Jetzt reicht's, Amelie!«

»Dann will ich mit Mamas Auto fahren.«

»Nein. Das geht nicht.«

Helenas roter Polo, den sie und Bertold kurz nach dem vermeintlichen Diebstahl des Citroëns gekauft hatten, parkte nicht mehr in der Einfahrt. Seit der Diagnose stand er auf dem Rasen. In den Radkästen hatten sich bereits Spinnen eingenistet. An der Stelle, wo zuerst der Citroën und dann der Polo gestanden hatte, parkte nun Lolos Kleinwagen. Seit einer Weile kümmerte sie sich weniger um Amelie, sondern vielmehr um Helena. Doch sie war im Skiurlaub, weshalb Vater und Tochter für ein paar Tage allein klarkommen mussten. Es funktionierte augenscheinlich ganz gut. Amelie ging mittlerweile in die fünfte Klasse des städtischen Gymnasiums. Was jedoch niemand wusste: Ihre Mitschüler, allen voran Tim, hänselten sie aufgrund Helenas Krankheit. Sie legten sich dann vor sie, fingen an, mit allen Gliedmaßen zu zucken und lachten. Auch über Bertolds Schwachpunkt machten sie sich lustig. Ihren Eltern erzählte sie nichts davon.

Noch bevor Bertold losgefahren war, rief Amelie: »Mir ist langweilig. Hast du meine *Bravo* eingepackt?«

Er schaltete das Radio ein und schwieg. Im Rückspiegel sah er, wie Amelie langsam einschlief. Der schwarze Audi fegte die Alleen entlang. Wie Soldaten standen die mit Schnee bedeckten Bäume am Straßenrand Spalier. Die Straßen waren leer und glatt.

»Guten Morgen, Frau Rotheld. So früh schon unterwegs?«, fragte die Frau, die am offenen Fenster saß. Gleich am ersten Tag hatte Helena sie auf den Namen Bertha getauft. Sie war dick, wirkte schlagfertig und typisch deutsch. Helena kannte sie nicht wirklich. Sie wusste nur, dass sie ebenfalls MS hatte und eine Etage unter ihr wohnte.

»Ja, irgendwie muss man sich ja die Zeit vertreiben. Ist Ihnen nicht kalt?«

»Ich schwitze immer.«

»Mh«, raunte Helena. Sie wollte schleunigst auf ihr Zimmer, denn sie hatte Hunger. Auch wenn das Marmeladenbrötchen nicht mehr so gut wie früher schmeckte, freute sie sich darauf.

»Haben Sie denn schon gefrühstückt? Wir könnten ja zusammen etwas essen«, schlug Bertha vor.

»Tut mir leid. Ich habe schon gegessen. Außerdem kommt bald meine Familie. Schönen Tag noch.«

»Ihnen auch einen schönen Donnerstag.«

Helena betrat das winzige Appartement. Sie war hier für die Dauer der Plasmapherese einquartiert. Die Krankenkasse übernahm die Kosten dafür. Das Gebäude lag direkt neben dem MS-Zentrum. Die Spuren der DDR-Zeit waren unübersehbar: Eine gelbe Blumentapete, dunkelgrüne Kacheln und braune Möbel. Obwohl Helena nicht gerne hier war, assoziierte sie damit einen gewissen Charme, der ihren Aufenthalt etwas erträglicher machte. Die Tapete fixierend, kam ihr ein Einfall. Doch bevor sich dieser richtig festigten konnte, war die Angst vor einer Sehstörung wieder da. Einmal war sie so vertieft in eine mitreißende Fernsehsendung gewesen, dass sie auf einen Schlag alles doppelt sah. Der Schub war bislang ihr heftigster gewesen, er hatte drei Tage lang angehalten und war der Grund dafür, warum sie nun hier saß. Sie zog ihre Sneakers an und verließ die Wohnung, um zum Blumenladen zu gehen, der nur wenige hundert Meter entfernt lag. Auf dem Weg käme sie auch an einem Spätkauf vorbei, der Zeitschriften führte. Da sich ihre Tochter bei den letzten Besuchen so gelangweilt hatte, wollte sie ihr ein *GEOlino*-Magazin kaufen. Im altbackenen Treppenhaus hing ein Foto von Honecker. Das musste jemand zum Spaß aufgehängt haben, dachte sie.

Er erinnerte sie mit der Hornbrille, dem Anzug und den weißen Haaren an Björn Philipp. Vielleicht sah er mittlerweile genauso aus. Zu einer Zeit, in der die Schübe am schlimmsten waren, und sie ihre Diagnose noch nicht kannte, hatte sie ihren Job an der Universität gekündigt. Eine Entscheidung, die sie später bereute. Den Aufhebungsvertrag hatte sie schon lange unterschrieben, doch erst am letzten Tag weihte sie Björn Philipp ein. Nervös klopfte sie an die Tür mit dem – wie sie es nannte – lächerlichen Wappen. Er bat sie freundlich herein. Sie informierte ihn geradeheraus und entschuldigte sich anschließend dafür, es ihm nicht eher gesagt zu haben. Mehr als ein »Und? Zwischen uns ist nichts mehr. Du kannst machen, was du möchtest« hatte sie nicht als Antwort bekommen.

Der Weg fiel ihr schwer, ihre Beine waren zittriger als am Morgen. Ein Arzt empfahl ihr vor einer Weile einen Gehstock, allerdings hatte sie diesen brüskiert abgelehnt.

Das Treppengeländer fest umklammernd, wagte sie sich die Stufen herab. Nach mühevollen Trippelschritten im Hausflur des Erdgeschosses entschied sie sich um und machte kehrt. Manchmal fragte sie sich, warum ausgerechnet sie dieses Schicksal heimgesucht hatte, doch dann machte sie sich klar, dass die Antwort nichts an ihrem Leben ändern würde. Die zwei harmlos wirkenden Buchstaben würden weiterhin über ihr stehen und einen langen, dunklen Schatten auf sie werfen. MS: Mein Schicksal, mein Schatten.

Den restlichen Vormittag schaute sie *Arte*, zuerst einen Arthousefilm, dann eine Dokumentation. Es ging dabei um Maria Montessori und Célestin Freinet. Als der Off-Sprecher ausführlich Freinets Zeit im Internierungslager beschrieb, schaltete sie den Fernseher aus. Sie schaute auf die eierschalenfarbenen Uhr und wunderte sich, dass Bertold und Amelie noch nicht da waren. Ihr Kopf wurde schwer und sie nickte ein.

✧

Ein Mädchen betrat den Laden. Sie hatte eine Pippi-Langstrumpf-Frisur und war höchstens zwölf Jahre alt. Schüchtern stöberte sie im Restposten, nahm sich ein Mängelexemplar über Vögel heraus und ging zielstrebig zur Kasse.

»Einmal das und ich möchte ein Schulbuch für den Biounterricht bestellen. Geht das?«

»Guten Tag. Sehr gerne«, sprach er formelhaft.

Sie machte weitere Angaben, Jonas tippte währenddessen ein paar Zahlen in den Computer.

»Du kannst es morgen ab zehn Uhr abholen. Schönen Tag noch und bis dann«, verabschiedete er sich.

Als sie den Laden verlassen hatte, musste er an seine Schulzeit denken. Auch seine Mutter hatte sich nie um Schulsachen gekümmert, nie Bücher gekauft, nie Hausaufgaben kontrolliert, war nie bei Elternabenden erschienen und hatte nie nach Zensuren gefragt. So hatte er zwar keinen Leistungsdruck verspürt, aber auch nie den Anreiz der Anerkennung erlebt.

Bis seine Chefin erschien, musste er vier weitere Kunden bedienen. Sie war der Typ Frau, der ausschlaggebend gewesen sein musste, dass das Militär irgendwann auch Soldatinnen zuließ. Kräftig gebaut – dennoch nicht dick – und eine Stimme wie ein Feldwebel. Sie sah aus wie ihr Bruder Frank.

»Morgen, alle zusammen!«, begrüßte sie die Kundschaft laut bellend.

Ein älteres Ehepaar zuckte zusammen und Jonas versteckte sich hinter einem hohen Bücherturm, von dem er glaubte, dass er durch die Schallwellen umzukippen drohte. Er tat beschäftigt. Trotz baldiger Pause erhielt er einen Arbeitsauftrag: Schneeschippen bei ihr zu Hause. Sie wohnte nur zwei Straßen entfernt. Ohne zu murren, machte er sich an die Arbeit.

»Wenn du schon da bist, füttere meinen kleinen Franz«, rief sie ihm hinterher.

Er hasste die Töle. Am Nachmittag brachte Kate ihm ein Gebäckstück vorbei. Es war das Highlight seines bisherigen Tages und schien auch das Highlight des nächsten zu werden – doch es kam anders.

✧

Eine halbe Stunde später als sonst klingelten Bertold und Amelie an Helenas Tür. Die Bertha stand nicht mehr am Fenster. Sie waren es gewohnt ein wenig warten zu müssen, weil sich Helena nur schleppend bewegte.

Herzlich begrüßte sie ihre Tochter mit einer Umarmung und einem Kuss. Amelie erwiderte beides nur zögerlich. Man merkte ihr die Unlust an. Bertold wich ihrem Empfang ganz aus, indem er einen Korb mit sauber gefalteter Kleidung vor sich trug. Seine Mutter hatte sie gewaschen, was Helena nicht mochte. Wie schon die letzten Male sagte Bertold nach nur kurzer Zeit: »Ich vertrete mir ein bisschen die Beine. Dann habt ihr mehr Zeit für euch.«

Helena döste auf der durchgesessenen Klappcouch. Amelie saß im Schneidersitz auf dem harten Fußboden und guckte Fernsehen. Es lief noch immer *Arte*. Mit einem flauen Gefühl im Magen verfolgte Amelie den Kurzfilm *Faust als Argument*. Eine große Schneeflocke klatschte gegen das Zimmerfenster und die Uhr tickte. Gegen Abend fuhren Bertold und Amelie wieder nach Hause.

»Bis morgen«, rief sie dem dichten Nebel hinterher, in dem der Audi verschwand. Sie bildete sich ein, durch die Heckscheibe winkende Hände gesehen zu haben.

Endlich war sie wieder zu Hause. Sie hatte die Behandlung verhältnismäßig gut vertragen und die Symptome schienen gelindert zu sein. Sie betrat das Smarthome. Mittlerweile waren alle elektronischen Geräte miteinander vernetzt und funktionierten per Sprachsteuerung. Doch ein *intelligentes* Elektrogerät existierte nicht mehr: Der Bewegungsmelder der Lichtanlage im Garten wurde durch eine manuelle Schaltung ersetzt. Die einzige Pflanze im Haus war verwelkt, was Helena bei ihrer Ankunft sofort bemerkte. Da noch nicht jedes Blatt abgefallen war, sondern sich manche mit aller Kraft festhielten und nur einen bräunlichen Rand aufwiesen, beschloss sie, einen Rettungsversuch zu unternehmen. Äußerst großzügig goss sie Wasser in den Blumentopf und beobachte die Pflanze den Tag über.

Am Abend stellte Bertold an die Stelle, wo die Pflanze gestanden hatte, einen Designertisch samt Ladestation für sein neues *iPad*. Helena wollte keinen Streit entfachen und widersprach nicht.

Der Alltag kehrte langsam wieder ein. Alltag bedeutete gewohnte Muster und die waren wichtig, sowohl für Helena als auch für Bertold, denn nicht nur Helena befand sich seit einiger Zeit in Behandlung.

»Und wie war es heute bei der Selbsthilfegruppe?«, fragte Helena beiläufig beim Abendessen.

»Bitte«, zischte er, »nenn sie nicht so vor, du weißt schon wem.«

Amelie knabberte den harten Rand des Krustenbrots ab. Bertold mahnte sie, es zu unterlassen: »Du bist doch keine Vier mehr.«

Sie reagierte nicht darauf.

»Und?«, wiederholte Helena.

»Heute kam ein neues Mitglied dazu, eine junge Frau. Wahnsinn. Wie früh es manche erwischt. Aber ich glaube, Glücksspiel ist nicht ihr einziges Problem. So ein alternatives Mädchen.«

»Das ist ja schlimm. Welche Probleme noch?«

»Keine Ahnung, wie gesagt, ich denke, sie nimmt oder nahm Rauschmittel. Sie sieht irgendwie so aus.«

»Ach, so meintest du das.«

»Ja.«

Amelie schien nun interessiert zu sein: »Wie sieht so jemand aus?«

»Das lernt ihr bestimmt bald in der Schule.«

Der mit dem WLAN verbundene Kühlschrank summte fast lautlos. Das futuristische Festnetztelefon machte sich durch einen Singsang bemerkbar. Bertold erhob sich gemächlich. Die Anrufe auf dem Festnetz waren eigentlich nie für ihn. Das Gespräch dauerte eine halbe Stunde. Bertold schüttelte zwischendurch mehrmals ungläubig den Kopf. In Amelies Gesicht schlich sich ein trauriger Ausdruck, als ahnte sie, worum es ging.

Es war ein typischer Freitagmorgen. Freudige Wochenendstimmung lag in der Luft. Die Temperaturen stiegen an und der Schnee taute langsam ab. Jonas schaltete mit dem ersten Ton den Wecker aus. Er hatte sich lange daran gewöhnen müssen. Als Student hatte er morgens die Taste der Snoozefunktion missbraucht und es so nur selten vor zehn Uhr aus dem Bett geschafft. Nun musste er um sieben Uhr aufstehen, dafür hatte er endlich eine richtige Schlafmöglichkeit mit Lattenrost und allem, was dazugehörte. Kate blieb liegen. Sie pflegte das Leben der Boheme. Die versnobte Kunstgesellschaft – wie Jonas sie nannte – erwachte erst am frühen Vormittag. Dafür war sie abends lange auf Ausstellungen und After-Work-Partys. Sie roch irgendwie chemisch. Ob ihre leiblichen Eltern wussten, was sie hier in Deutschland für ein Leben führte, fragte er sich.

Auf dem Weg ins Badezimmer stolperte er über ihre auf dem Boden liegenden Stiefel. An der Schuhsohle klebte ein Zigarettenstummel. Auch nach all den Jahren musste er dabei an Helena denken. Ihrer befand sich noch immer in seinem Besitz, in einer leeren Taschentuchpackung, die er in der Innentasche seines Parkers aufbewahrte.

Mit einer Nagelschere schnitt er die fast leere Shampooverpackung auf, um den letzten Rest herauszukratzen. Leise schlich er über den kleinen Flur zurück ins Schlafzimmer und holte seine Klamotten.

Trotz der geringen Quadratmeterzahl war die Doppelhaushälfte eigentlich zu teuer für ihn. Doch von seiner finanziellen Situation erzählte er Kate nichts. Sein Magen knurrte. Cornflakes waren da, aber keine Milch. Ein einziges Mal hatte er sie mit Wasser getrunken. Diese Erfahrung verlangte nicht nach Wiederholung.

Leicht zittrig betrat er den Bürgersteig. Im Gegensatz zu früher hielt keine Straßenbahn vor dem Haus. Dadurch war es ruhiger. Sie lebten nun in einem der besseren Viertel der Stadt. Er holte das Mountainbike aus dem Keller und fuhr los. Es war diesig und er hatte kein Licht am Fahrrad. Wenn er spät dran war, kürzte er den Arbeitsweg durch den Park ab – der kleine Park mit den wenigen Bäumen, zwei Bänken und dem Spielplatz. Heute hatte er keinen Zeitdruck.

Der steinalte Kioskbesitzer, der die gelieferten Zeitungen einräumte, grüßte ihn freundlich. Jonas hob die Hand und radelte weiter. Bei einem Bäcker machte er kurz Halt und kaufte sich einen Kakao und ein Croissant. Inzwischen glaubte er nicht mehr daran, irgendwann einmal Kaffee zu mögen, ihn gar wie andere Leute zu brauchen. Die Verkäuferin, die er nicht kannte, duzte ihn und wünschte ihm einen schönen Tag. Einen kleinen Umweg nahm er in Kauf, um nicht an der Wohnung seiner Chefin vorbeizumüssen. Er öffnete den Laden, setzte sich in die Besucherecke auf der Empore und packte seinen Einkauf aus.

Da kam in ihm wieder dieses Gefühl hoch; das Gefühl, wenn man genau weiß, was gleich passieren wird. In seinem Kopf sah er die Bilder, wie er das Croissant aß, die Verpackung des Kakaos in den Mülleimer warf, Joe empfing, Kunden in den Laden strömten und er beim Anblick seiner Chefin seufzte. Die nächsten Stunden, Tage, Wochen, gar Monate konnte er so vorhersehen. Jeder Tag war wie der gestrige und zugleich wie der morgige.

Das Croissant gerade angebissen, hörte er die Melodie der Türharfe und das Klackern von Absätzen auf hartem Boden.

Bertold legte den Hörer beiseite und sah Amelie mit einer Mischung aus Mitleid und Vorwürfen an.

»Wieso hast du nichts gesagt?«

Sie konnte ihm nicht in die Augen schauen, presste das Gesicht in die Hände und brach in Tränen aus. Helena schaute zuerst sie, dann Bertold verdutzt an.

»Was gesagt?«, fragte Helena.

»Beruhige dich, mein Schatz«, flüsterte Bertold Amelie ins Ohr. »Wir bekommen das alles hin. Magst du uns das erklären?«

Unter Schluchzen erzählte Amelie alles von Anfang an. Sie berichtete, wie das Mobbing anfing, wie sie täglich litt, wie sie den Kurzfilm sah und wie sie beschloss, sich zu wehren. Die Erzählung endete mit Tims blutiger Nase.

»Das ist ja schrecklich. Und ich meine nicht deine Aktion. Ich finde es super von dir, dass du dich gewehrt hast«, sagte Helena, während sie Amelie in den Arm nahm.

»So was darf einfach nicht passieren. Da haben die Eltern, Lehrer, die Schulleitung, ja die gesamte Schule hat versagt«, wetterte er. »Wir sollten deinen Vater anrufen und die Schule verklagen!«

Helena glaubte zunächst, sich verhört zu haben. Dass Bertold freiwillig ihren Vater anrufen wollte, hatte etwas zu bedeuten. So wütend hatte sie ihn schon lange nicht erlebt. Doch sie wusste auch, dass *wir* eigentlich *sie* bedeutete. Und ihr war nicht daran gelegen, ihren Vater anzurufen. Seit der Diagnose behandelte er sie, als wäre sie wieder sechs Jahre alt. Des Weiteren bestand so die Möglichkeit, dass sie mit seiner neuen Frau sprechen müsste, wonach ihr beim besten Willen nicht war.

»Ich habe eine bessere Idee. Wir sollten nicht nach hinten, wir sollten nach vorne schauen. Vielleicht ist das klassische Schulsystem nicht das Richtige für uns und für Amelie. Zu viele Kinder, die eigentlich keine Lust auf Schule haben und ihren Frust an Mitschülern auslassen.

Wie wäre es mit einer alternativen Schulform? Vielleicht Freinet oder Montessori?«

»Ich weiß nicht«, zögerte Bertold. »Aber vielleicht ist der Vorschlag gar nicht so schlecht. Wir hatten vor einigen Jahren auf einer unserer Baustellen Besuch von Schülern einer Freinet Schule. Das Ganze wirkte gar nicht so übel. Was sagst du, Amelie?«

»Wer ist denn Rene?«

»Freinet«, sprang Helena ein.

Trotz Helenas Faible für Frankreich, konnte Amelie kein Französisch. Manchmal ärgerte sich Helena, sie nicht bilingual erzogen zu haben.

Bertold holte Luft, stellte sich gerade hin und sprach dann, als würde er einen Vortrag in seiner Firma halten: »Also beim Konzept der Freinet-Pädagogik steht vor allen Dingen die kritische Auseinandersetzung mit der Umwelt der Schüler im Vordergrund. Die Schüler sollen diese selbst erfahren, indem sie zum Beispiel Baustellen, so wie unsere, Bauernhöfe oder Firmen besuchen. Ihre Eindrücke sollen sie dann aufnehmen und kritisch reflektieren. Anschließend werden sie in der Klassengemeinschaft besprochen und diskutiert. Gemeinsam wird dann in einem Plan festgelegt, was die Schüler lernen möchten. Natürlich weiß ich nicht, ob das alles so schön ist, wie es klingt. Einen Versuch wäre es jedoch wert.«

Amelie jubelte: »Lernen, was ich möchte, klingt super!«

Sie schien die noch auf der Wange liegenden Tränen vergessen zu haben. Trotz alledem wollte sich Helena absichern.

»Dann machen wir das so. Wir bringen dich auf die neue Schule. Aber du musst mir versprechen, dass du ab jetzt sofort zu uns kommst, wenn dich etwas bedrückt.«

»Ist okay, Mama.«

Amelies alte Schule zeigte sich einsichtig, entschuldigte sich in aller Form und bat ihre Mitwirkung bei der Vermittlung eines neuen Schulplatzes an. Mit Hilfe des Schulleiters akzeptierte die neue Schule Amelies Gesuch noch am selben Tag. Gleich in der nächsten Woche sollte sie regulär am Unterricht teilnehmen. Dafür benötigte sie allerlei Dinge, von denen sie nicht einmal wusste, dass man sie im Unterricht einsetzen könnte: Eine Gitarre, Notenpapier und viele, viele spannende Bücher. Bertold nahm sich den Tag frei, obwohl er freitags genauso viel zu tun hatte wie an jedem anderen Wochentag auch. Nach dem Frühstück wollten sie losfahren.

»Ich will mit Papa eine Gitarre kaufen. Dann können wir danach noch ein Eis essen gehen. Wie früher.«

»Das haben *wir* doch oft zusammen gemacht«, widersprach Helena. »Ist aber gut so, dann kaufe ich die Bücher. Ich wollte eh mal wieder an die frische Luft«, sagte Helena, um sich nicht die Blöße zu geben.

Zwar kannte sie zahlreiche Bücherläden, wollte aber keinem ehemaligen Arbeitskollegen oder Studenten begegnen. Also nahm sie ihr *iPhone*, um nach einer anderen Buchhandlung zu googlen; eine, die nicht in unmittelbarer Nähe zum Campus oder ihrem Wohnort lag. Der Akku war leer. Man merkte dem Handy an, dass es etliche Jahre auf dem Buckel hatte. Die meisten Apps ließen sich aufgrund des veralteten Betriebssystems nicht mehr installieren und die, die noch liefen, reagierten stark zeitverzögert. Doch sie war nach der Diskussion über das jetzigen zu stolz, Bertold nach einem neuen zu fragen. Sie schloss das Ladekabel an.

»Siri, zeig mir den schönsten Buchladen.«

Das GPS grenzte die Suche auf ihre Stadt ein. Die blecherne Stimme antwortete: »Es gibt einen schönen Buchladen mit einer gemütlichen Empore in der Nähe eines Parks. Bäckereien sind dort auch vorhanden. Laut Erfahrungsberichten soll die Inhaberin ein Unikat sein.«

»Also gut, ihr zwei. Ich werde mich jetzt anziehen und dann setzt ihr mich, bevor ihr zum Musikladen fahrt, an dieser Buchhandlung ab.«

»Das dauert dann wieder so lange«, jammerte Amelie.

»Nein, ich gehe nicht duschen, nur mich anziehen.«

Bertold rief ihr hinterher: »Okay. Und pack dein Handy ein, falls was sein sollte, und du dich melden kannst, wenn du fertig bist.«

Bertold und Amelie setzten Helena vor der Buchhandlung ab. Vor der Tür verharrte sie kurz und grübelte. Dann entschied sie sich einen Abstecher zur Bäckerei zu machen, um sich dort mit Quarkinis einzudecken, bevor sie wieder aus dem Wintersortiment verschwanden. Danach schlenderte sie zum Park. Sie ließ sich auf eine der beiden

Bänke fallen und streckte all ihre Glieder von sich. Es war angenehm kühl. Sie spürte ihre Arme, ihre Hände, ihre Beine und ihre Füße. Seit vielen Tagen fühlte sie sich wieder selbst. Die Plasmapherese hatte sich gelohnt.

Eine junge Frau spazierte an ihr vorbei. Sie betrachtete abfällig Helenas kurze ungewaschene Haare. Dann kam ein Eichhörnchen des Weges daher. Beim Umherhopsen wirbelte es mit seinem buschigen Schwanz die feine Schneeschicht auf dem Rasen auf. Zunächst wunderte sich Helena, dass es keinen Winterschlaf hielt, erinnerte sich dann aber, in einer Apothekenumschau gelesen zu haben, dass sie nur in eine Art Winterruhe verfielen. Die Apothekenumschau las sie bei ihren zahlreichen Arztbe- suchen. Nicht, dass sie die Themen besonders interessier- ten, doch fand sie diese immer noch besser als die Klatschzeitschriften über irgendwelche Königshäuser und C-Promis. Das Eichhörnchen wirkte quietschfidel und schien den Sommer herbeizusehnen. Der rotbraune Nager tollte durch das helle Weiß der Landschaft. Bereit- willig opferte sie einen ihrer Quarkinis und warf ihn in Richtung des Eichhörnchens. Es musste das Angebot missverstanden haben, denn es peste schlagartig auf den nächsten Baum und wart nicht mehr gesehen. Helena ging weiter.

Sie blieb vor dem kunstvoll verzierten Fachwerkhaus stehen, in dem sich die Buchhandlung befand. Die dunk- len Holzbalken, in die mit gelber Farbe ein langer Schrift- zug eingraviert war, strahlten in Verbindung mit den hellen Lehmbausteinen einen ganz besonderen Charme aus.

Damals hatte sie sich ein Fachwerkhaus gewünscht, allerdings gab es kaum noch Baufirmen, die ein solches Vorhaben umsetzen wollten. Obendrein entsprach es nicht ihrem Budget und Bertolds Vorstellungen.

✧

Jonas schluckte den Bissen hastig herunter und eilte nach unten, um die Kundin zu begrüßen und sie an die Öffnungszeiten zu erinnern. Noch auf der Treppe sah er sie – seine Chefin. Mit unnatürlich kleinen Schritten, die nicht zu ihrer energischen Art passten, tapste sie auf ihn zu.

»Was machen Sie denn hier?«, platzte es aus ihm heraus. Es klang plump, was er keineswegs beabsichtigt hatte.

»Entschuldigen Sie. Ich war nur so erstaunt, denn Sie kommen ja eigentlich erst gegen elf Uhr.«

»Ich komme, wann ich komme. Das ist mein Laden und da bin ich niemandem Rechenschaft schuldig«, tadelte sie ihn.

»Natürlich, verzeihen Sie.«

Es war weniger der Job, den er hasste, sondern die Umstände. In Momenten wie diesen, fiel ihm das in besonderem Maße auf. Doch er war auf ein geregeltes Einkommen angewiesen.

»Tu mir einen Gefallen und schau nach Franz. Er könnte ein bisschen Auslauf vertragen. Die Bücher kannst du nachher auspacken.«

Er tat, was ihm befohlen war, und ging mit dem Köter durch den nahegelegenen Park Gassi. Ihm begegnete eine junge Frau, die ihm lächelnd in die Augen sah. Es wirkte so, als versuchte sie, Kontakt aufzunehmen.

Seitdem er eine Freundin hatte, bestätigte sich das Klischee. Er wusste nicht, was er an- oder abgelegt hatte, aber auf einmal schienen ihn Frauen anziehend zu finden und ihn kennenlernen zu wollen. Gerne hätte er sich mit ihnen angefreundet. In der Schule war ihm eine solche Freundschaft mit dem anderen Geschlecht verwehrt geblieben und er wünschte sich nichts sehnlicher, als das nachzuholen. Sobald sie allerdings erfuhren, dass er eine feste Freundin hatte, zogen sie sich zurück. Deshalb verschwieg er diesen Fakt so lange wie möglich, was des Öfteren zu verqueren Wortklaubereien führte.

»Wie wohnst du eigentlich, Jonas? Allein?«, fragte ihn einmal eine Bekannte.

»WG. Nicht buchstäblich, aber so kann man es beschreiben.«

WG konnte ja auch _Wohnung mit Geliebter_ bedeuten. Die Freundschaften hielten nicht lange.

Während Jonas darüber nachdachte, war die fremde Frau schon weg. An einer Parkbank vorbeikommend, zog und zerrte der Hund an der Leine, weil er etwas entdeckt hatte. Nur mit Mühe gewann Jonas die Kontrolle über ihn. Auf dem weißen Rasen sah er ein kleines Bällchen. Es sah wie ein Gebäckstück aus. Der Hund hatte schon das nächste Ziel im Visier: ein Eichhörnchen. Auch aus dem zweiten Kampf um die Leine ging Jonas als Sieger hervor.

Jonas Handy vibrierte.

Heute Nachmittag schaffe ich es leider nicht, dir was vorbeizu-bringen. Ich und ein paar andere aus der Galerie müssen spontan zu einer Vernissage nach Köln. Vielleicht müssen wir dort über-nachten. Ich melde mich. Ich liebe dich!

Bedröppelt gingen er und der Hund weiter. Aus der Ferne sah er eine Frau den Laden betreten. Bevor er jedoch zurückkehren konnte, musste er Franz wegbrin-gen. Beim Abschied heulte dieser leise auf. Jonas' Abnei-gung beruhte anscheinend nicht auf Gegenseitigkeit.

»Guten Tag«, murmelte Helena beim Betreten des La-dens. Die Türharfe begrüßte sie melodisch.

Die Bewertungen im Internet hatten nicht gelogen, stellte sie fest. Die Buchhandlung war wundervoll einge-richtet. Die kleine hölzerne Empore bildete den Mittel-punkt des Raumes, an dessen Rändern sich hohe Bücher-türme versammelten. Eine ruhige Gemütlichkeit schien wie Staub auf allem zu liegen. Bevor sie nach Amelies Büchern schaute, wandelte sie über die Verkaufsfläche. So viele Bücher hatte sie gelesen, durchgearbeitet und mit ihren Studenten besprochen. Auch wenn das schon einige Jahre her war, ihren Inhalt kannte sie noch auswendig. Sie vermisste diese Zeit. Ihr Blick blieb an *Der Fremde* hängen. Ein Klassiker, der lange Zeit zu ihren Lieblingsromanen gezählt hatte. Sie nahm ein anderes Buch in die Hand und musste an Jonas denken. Grimberts *Ein Geheimnis*.

Jonas hatte ihr Geheimnis nie verraten. Ob er es ihr zuliebe nicht getan hatte oder ob etwas anderes dazu geführt hatte, wusste sie nicht. Als sie eines Nachts – drei Tage nach ihrem Frankreichausflug – schweißgebadet hochschreckte, war sie drauf und dran, zur Polizei zu gehen. Je wacher sie jedoch wurde, desto zaghafter wurde das Verlangen, sich zu stellen.

Eine kräftige Frau kam auf sie zu und fragte: »Wollen Sie das Buch kaufen? Hier lesen ist nicht!«

Perplex legte Helena den Roman zurück.

»Ich möchte Schulbücher kaufen. Haben Sie welche?«

»Sie können alles bei uns bestellen. Schon morgen sind sie abholbereit.«

So hatte sich Helena das nicht gedacht. Obwohl sie momentan keine Beschwerden hatte, könnten sie jederzeit auftreten. Sie wusste also nicht, ob sie in der Lage wäre, die Tage wiederzukommen.

»Können Sie die Bücher auch zu mir nach Hause schicken?«

»Gute Frau, wir sind ein Buchladen und kein Onlineshop. Hier kaufen, hier abholen.«

Während sie das sagte, stellte sie sich demonstrativ zwischen Helena und Ausgang. Sie strahlte dieses Gefühl aus, als ob man etwas kaufen müsste, als könnte man nicht ohne Weiteres gehen. Früher hätte das Helena womöglich nichts ausgemacht, aber jetzt fühlte sie sich zu schwach.

»Dann bestelle ich die Bücher bei Ihnen und komme morgen wieder.«

Sie arbeiteten gemeinsam die lange Liste ab und Helena verabschiedete sich. Was für ein skurriles Weibsbild, dachte sie und war froh, draußen zu sein.

Jonas wollte sich gerade hineinbegeben, da sah er durch die milchige Glastür des Ladens eine Frau mit kurzem Haar, die auf ihn zukam. Er hielt ihr die Tür auf. Sie bedankte sich mit einem Nicken. Für einen Augenblick glaubte er, sie zu kennen. Dieser zarte, schmallippige Mund kam ihm bekannt vor. Die Frau trat auf den Bürgersteig. Sie zog einen Geruch hinter sich her, der ihm vertraut war: irgendwie echt, irgendwie natürlich. Auch wenn er ihn zu kennen glaubte, der Reiz rief nichts in seiner Erinnerung hervor. Dieses Gefühl der Ungewissheit machte ihn wahnsinnig, weshalb er der Unbekannten hinterhereilen wollte. Seine Chefin kam dazwischen, sie rief nach ihm: »Komm, Junge. Es gibt Arbeit. Joe kommt jeden Moment. Außerdem wurde eben eine große Bestellung aufgeben. Vor heute Nachmittag muss das fertig werden.«

Er bemühte sich, die anstehenden Arbeiten zügig zu erledigen. Allerdings hatte ihn die Begegnung mit der unbekannten Frau durcheinandergebracht. Beim Ausräumen der Bücher war er so fahrig, dass er die Gattungen vertauschte. Seine Chefin hatte es nicht kommentiert. Ähnlich wie ihr Bruder Frank wirkte sie meist grimmiger, als sie eigentlich war. Sie schickte ihn vorzeitig heim, aber mahnte ihn, dafür am nächsten Tag doppelt so hart zu arbeiten.

Auf dem Weg nach Hause zog ihn irgendetwas in den kleinen Eckladen, an dem er zwar täglich vorbeifuhr, aber dem er sonst nie wirklich Beachtung geschenkt hatte. Aus einem ihm unerklärlichen Grund kaufte er sich eine Flasche Whiskey. Irgendwie war ihm danach.

In der Wohnung angekommen, ließ er seine Jacke in eine Ecke fallen und warf sich aufs Sofa. Es war ein wenig wie früher, wenn Kate nicht zu Hause war. Nervös zappte er durchs Fernsehprogramm. Auf keine Sendung konnte er sich konzentrieren. Alles zog an ihm vorbei. Er nahm einen Schluck Whiskey. Das Gesicht verziehend, merkte er, dass er Cola vergessen hatte. Getreu dem Motto Harald Juhnkes verbrachte er den Nachmittag ohne Termindruck und hatte leicht einen sitzen. Beim Durchzappen blieb er auf einem Privatsender hängen. Werbung. Es wurde ein neues, noch besseres, noch schnelleres und noch makelloseres Notebook beworben.

Da kam ihm eine Idee. Er sprang auf sein Mountainbike und fuhr so schnell wie schon lange nicht mehr zur Buchhandlung. Seine Chefin hatte bereits Feierabend gemacht, weshalb er ungestört war. Aufgeregt startete er

den PC und guckte in die Liste mit den bestellten Büchern. Er erschrak, denn aus all den fremden Namen,
stach einer hervor. Die schwarzen Pixel flimmerten vor
seinen Augen: Helena Rotheld.

Weil sich Helenas Zustand zu bessern schien, hatte Lolo
beschlossen, länger im Urlaub zu bleiben. Helena verbrachte den Nachmittag damit, noch einmal *Ein Geheimnis*
zu lesen. Aus einer Bücherkiste in der Abstellkammer
hatte sie den Roman hervorgekramt, der wegen seines
lilafarbenen Einbands laut Bertold nicht in das Raumkon-
zept des Hauses passte. Dabei war sie auch an dem
großen Haufen aussortierter Schuhe vorbeigekommen,
aus dem ihre schwarzen Stilettos emporragten. Aufgrund
ihrer Schübe und den damit verbundenen Muskellähmungen verzichtete sie seit einiger Zeit auf Absätze. Während
sie, die Füße hochgelegt, auf der Ledercouch las, bauten
Bertold und Amelie aus den letzten Schneeresten einen
zwergengroßen Schneemann. Besen und -rechen bildeten
die viel zu unnatürlich großen Arme. Der Duft ihres
Zimtstern-Mandarinen-Tees erfüllte das Wohnzimmer.
Gerüche konnte ihr Bertold nicht wegnehmen.

Sie beobachtete die beiden. Eine schwarze Regenwolke
schob sich vor die müde wirkende Sonne. Kurz bevor es

zu regnen begann, kamen sie herein. Bertold drehte die Heizung höher.

»Ich muss gleich los zu meiner Gruppe.«

»Schon wieder?«, fragten Amelie und Helena im Chor.

»Seit wann ist das jeden Tag?«, bohrte Helena nach, weil sie der Argwohn beschlich.

»Wir haben da einiges zu besprechen. Freu dich, dass ich hingehe und dass es vorangeht.«

Helena wandte sich wieder ihrem Buch zu. Auf diese Diskussion hatte sie – besonders vor Amelie – keine Lust. Sie glaubte, Bertold wollte ihr mit der Selbsthilfegruppe etwas beweisen, und hatte nicht das Gefühl, er würde dorthin gehen, weil er es für notwendig erachtete. Sie erinnerte sich an das Streitgespräch, das sie erst vor Kurzem deswegen geführt hatten.

»Dann bleibe ich so lange wach, bis du wiederkommst. Nachher können wir noch mit der neuen Gitarre spielen!«, rief Amelie und sprang dabei auf und ab.

Bertold sah Helena an, aber ihre Augen fixierten die Buchseiten.

»Mal sehen, was deine Mama dazu sagt.«

Amelie bemerkte den Unmut ihrer Mutter und zog sich auf ihr Zimmer zurück.

»Bis später, mein Schatz«, sagte er, während er, durch den Schirm geschützt, in den strömenden Regen trat.

Helena blätterte um und nahm einen Schluck des noch warmen Tees. Es versprach ein gemütlicher Abend zu werden. Als sie ein paar Seiten gelesen hatte, spürte sie auf einmal einen leichten Schmerz in den Augen. Bei jeder Bewegung der Augäpfel verstärkte sich dieser. Die

Buchstaben verschwammen und lagen plötzlich hinter Nebelschwaden. Sie schloss ihre Augen und rieb sie mit Zeigefinger und Daumen in der Hoffnung, sie würde sich schnell erholen.

Jonas' Atem setzte für einen kurzen Moment aus. Er glaubte nicht, was ihm die Lettern offenbarten: Helena Rotheld war hier gewesen. Obwohl es sieben Jahre her war, erinnerte er sich an alles. Jedenfalls an alles vor dem Tag des Unfalls. Mit ihr hatte er sein erstes Mal. Obgleich er diese Worte nie aussprach, er verabscheute sie. *Erstes Mal* – als sei diese Sache so wichtig, dass jeder wüsste, was damit gemeint sei. Als gäbe es nur dieses *Mal*. In all diese Gedanken steigerte er sich so sehr herein, dass ihm schwindelig wurde. Bevor er im Laden das Bewusstsein verlor, rannte er ins Freie. Der Regen prasselte auf ihn herab. Er legte den Kopf in den Nacken und atmete tief durch. Einige Minuten lang rührte er sich nicht vom Fleck.

»Wat bist du denn für ein Vogel? Stehst mitten im Weg herum!«, brüllte ihn ein glatzköpfiger Mann an.

Weil Jonas nicht reagierte, wurde der Mann noch wütender. Die Farbtöne seines Kopfes änderten sich schlagartig, von Inkarnat über Zinnoberrot zu Purpurviolett. Ohne einen weiteren Kommentar schlug ihm der breitschultrige Hüne mit voller Wucht ins Gesicht. Entgeistert rettete sich Jonas zurück in den Laden. Blut tropfte in seine Mundhöhle. Wahrscheinlich hätte er wahnsinnige Schmerzen haben müssen, aber aufgrund des Alkohols und Adrenalins spürte er kaum etwas. Daran sich zu wehren, ins Krankenhaus zu fahren oder die Polizei zu rufen, dachte er nicht. In ihm brodelte bloß das Verlangen, Helena wiederzusehen. Mit der flachen Hand hämmerte er sich gegen die Stirn.

»Nein, nein, nein«, sprach er vor sich hin, während er mit dem Oberkörper auf und ab wippte.

Er biss sich so stark auf die Lippe, dass Zahnabdrücke blieben. Die einzige Hoffnung, keine große Dummheit zu begehen, befand sich zahlreiche Kilometer entfernt. Also radelte er los. Völlig durchnässt kam er am Bahnhof an. An einem der Fahrkartenautomaten kaufte er sich mit seiner EC-Karte ein Ticket, auch wenn er das Geld dafür eigentlich nicht hatte. Der Dispositionskredit wird es schon richten, hoffte er. Dreieinhalb Stunden Fahrt lagen vor ihm. Vom Alkohol und Stress ermüdet, breitete er sich über zwei Sitze aus und döste vor sich hin. Kurz vor Wuppertal bat ihn eine hosenanzugtragende Frau, ob sie sich neben ihn setzen könnte. Sie musste sein lädiertes Gesicht übersehen haben, weshalb er bislang von den übrigen Fahrgästen in Frieden gelassen worden war. Er blinzelte kurz, drehte sich um und schlief dann weiter. Verdattert suchte sich die Frau einen anderen Sitzplatz. Geweckt wurde er erst durch eine Ansage des Schaffners, als der Zug auf der Hohenzollernbrücke zum Stehen kam. Motiv so vieler Urlaubsfotos, Postkarten und Wallpaper –

er war im Gegensatz zu Kate noch nie hier gewesen. Der durch den Regen aufgewühlte Rhein schien ihn hinunterziehen zu wollen. Wasser war ihm schon immer suspekt. Der schlimmste für ihn vorstellbare Tod war Ertrinken. Alle Gewässer, die tiefer als eine Regenpfütze waren, mied er.

Der Zug erhielt die Einfahrtserlaubnis und fuhr in den Kölner Hauptbahnhof ein. Jonas stolperte durch das dichte Gedränge der *Colonaden* – großstädtischer Feierabendverkehr. Mit dem unbändigen Willen, Kate zu finden, kämpfte er sich hindurch. Auf dem Bahnhofsvorplatz erschlug ihn der Dom regelrecht. Er fühlte sich klein und unbedeutend. Maus und Elefant. So wie Dickhäuter nur in Fabeln Angst vor den kleinen Säugern hatten, war auch der Dom unbeeindruckt von Jonas' geballten Fäusten geblieben und spendete keinerlei Schutz vor dem unablässigen Regenguss.

Zig Mal versuchte er Kate zu erreichen, jedoch hatte sie ihr Handy ausgeschaltet. Google spuckte mehrere aktuelle Vernissagen aus, doch nur wenige waren auch abends geöffnet. Als erstes besuchte er zwei Galerien in der nördlichen Neustadt. Klatschnass kam er an. Vergebens. Danach begab er sich auf die *Schäl Sick*. Mit geschlossenen Augen rannte er über die Deutzer Brücke. Drei mögliche Galerien lagen auf dieser Seite. Schon bei der ersten war er außer Atem. Bei der zweiten sah er sie endlich: Kate. Vor der Glasfront stehend, zögerte er, ob er eintreten sollte. Bislang kannte er ihren Beruf nur aus ihren Erzählungen. Auf einmal war er so echt, so nahbar und trotzdem weit weg. Leise Musik drang nach außen. Die Stimmen eines Duetts waren zu vernehmen.

Sie wirkte glücklich, sie lachte und unterhielt sich angeregt mit wichtig aussehenden Menschen. Wie schon damals zum Studium trug sie eine weiße Bluse, einen einfarbigen Cardigan, einen Bleistiftrock und eine Strumpfhose. Aber die Bluse war nicht mehr geschlossen, sondern leicht aufgeknöpft, und auch die Strumpfhose war nicht mehr blickdicht, sondern maximal 20 Denier stark. Kate war umringt von Anzugträgern, die doppelt so alt waren wie sie. Als wäre sie der Stempel einer Tulpe, umschlossen sie die Männer wie eine Blütenhülle und schirmten sie so vor seinen Blicken ab. Einer dieser Männer verließ seinen Platz, kam zu Jonas nach draußen und zündete sich eine Zigarette an.

»Fucking Nichtrauchergesetz. Nicht mal an 'nem Freitagsabend 'ne Ausnahme.«

Jonas musste hundselend auf ihn gewirkt haben, denn der Anzugträger steckte ihm mit großer Geste einen Zehner zu. Den Schein hätte er brüskiert ablehnen können, weil das sein Stolz nicht zulassen würde oder dergleichen, aber er sagte nichts und nahm ihn an. Mit gesenktem Kopf trottete Jonas einige Meter weiter. Beim Umdrehen sah er, wie die Gestalten hinter der Schaufensterscheibe feierlich ihre Champagnergläser erhoben und auf etwas anstießen, das er nicht verstand. Er war kein Teil ihrer Welt mehr.

Dicht an die Häuserfassaden gedrängt, huschte Jonas durch das ihm unbekannte Viertel und überlegte, was er tun sollte. Noch war es nicht zu spät umzukehren. Es war ebenfalls nicht zu spät, das *Triangle* zu besuchen. Das kannte er aus Kates Erzählungen, sie hatte nach ihren Ausflügen immer davon geschwärmt. Er liebte die Vogelperspektive, die einen glauben ließ, über den Dingen zu stehen. Nur zehn Gehminuten war es von der Galerie entfernt, verriet ihm sein Handy. Mit dem Zehner bezahlte er den Eintritt. Niemand sonst befand sich auf dem Dach. Es kam ihm so vor, als wäre der Regen dort oben stärker.

Mit der untergehenden Sonne im Hintergrund wirkte die Kontur der Stadt wie ein Schattenriss. Erhaben reckte der Dom seine beiden Hälse empor. Trotz der Entfernung wirkte er so furchteinflößend wie zuvor. Die Dunkelheit brach herein und die Lichter der Stadt schillerten. Der Colonius Fernmeldeturm stand etwas abseits und das schwach leuchtende, magentafarbende *T* der Werbereklame wirkte einsam. Es erinnerte Jonas irgendwie an Helena, an ihre in der Dunkelheit glimmende Zigarette.

✧

Helena musste das Buch beiseitelegen. Der Nebel in ihrem Blickfeld war nicht verschwunden. Eine Sehstörung. Wieder mal. Sie war nicht einmal mehr wütend, eher resigniert. Die Krankheit schien sie schleichend zu entwaffnen. Die Kampfeslust, der Wille gegen die Krankheit vorzugehen, waren wie verflogen. »Es ist nur MS, das ist kein Todesurteil« hatte sie in Zeitschriften gelesen oder von Bekannten gehört. Dem stimmte sie zwar insofern zu, als die Erkrankung nur in Ausnahmefällen definitiv zum Tod führte, aber sie ärgerte sich über das Wort *nur*. Als wäre damit kein lebensverändernder Einschnitt gemeint. Vielleicht war es kein endgültiges Todesurteil, doch sie fühlte sich wie eine Gefangene im Todestrakt, wartend auf eine Revision, bei der entschieden werden sollte, ob sie wirklich schuldig war.

Sie hoffte, dass sich ihr Sehvermögen durchs Ausruhen bessern würde. Da nach einiger Zeit keine Genesung eintrat, schleppte sie sich fast blind ins Badezimmer. Zunächst hatte sie überlegt, in den Pool zu steigen, doch da hätte Amelie sie für verrückt erklärt. Bei der ersten Sehstörung hatte sie noch über Bertolds nächtliche Blindenausflüge auf die Toilette gewitzelt. Im ganzen Haus konnte er sich sicher bewegen, ohne auch nur einmal die Augen zu öffnen. Ihr gelang es weniger gut. Sie ließ kaltes Wasser in die Badewanne ein. Bertha aus dem MS-Zentrum hatte ihr vom Uhthoff-Phänomen erzählt, das die Verschlechterung neurologischer Symptome bei erhöhter Körpertemperatur bezeichnete. Also hoffte sie, dem mit einer Abkühlung entgegenwirken zu können.

✧

Es hatte aufgehört zu regnen. Jonas' nasse, an ihm klebende Hosentasche vibrierte.

»Du bist hier? In Köln? Was für eine Überraschung. Tut mir leid, dass ich mich erst jetzt melde. Wo bist du?«

»Auf dem *Triangle*.«

»Das ist ja gar nicht weit. Ich bin gleich bei dir. Ich freue mich auf dich!«

Eine automatisierte Computeransage erinnerte an die Schließzeiten und forderte alle Besucher auf, die Plattform zu verlassen. Widerwillig kam er der Bitte nach. Vor dem Gebäude wartete er auf Kate, die nach nur wenige Minuten erschien. Sie war außer Atem und ihre hellbraunen Wildlederstiefel waren übersät mit dunklen Dreckspritzern. Zur Begrüßung küsste sie ihn auf den Mund. Ihre Lippen schmeckten nach einem Konglomerat süßlichen Alkohols.

»Was ist denn mit dir passiert? Woher kommt die Platzwunde?«, kreischte sie förmlich und begutachtete ihn.

»Nicht der Rede wert.«

»Wie nicht der Rede wert? Was ist dir zugestoßen?«

»Irgend so ein Typ.«

»Hast du die Polizei gerufen? Ist dir schwindelig oder so? Vielleicht sollten wir ins Krankenhaus?«

»Mir geht es gut. Wahrscheinlich hatte ich es verdient. Lass uns bitte nicht mehr darüber reden.«

»Wie du meinst. Warum bist du überhaupt hier? Nicht, dass ich mich nicht freuen würde, aber...«, sie sprach nicht weiter und schaute zu Boden.

»Aber?«

»Das ist mein Job. Ich weiß, dir bedeuten meine Arbeit und die Leute nichts, trotzdem musst du verstehen, dass das hier kein Ausflug ist, auf dem du mich nach Belieben besuchen kannst. Gleich muss ich noch in eine andere Galerie.«

Sprach der Alkohol oder sie selbst, fragte er sich. Auch wenn sie schon immer taff gewesen war, so ehrlich und direkt war sie selten. Sie holte einen Schlüssel und eine Visitenkarte aus ihrer Burberry-Handtasche, die ihr ein Bekannter aus dem Künstlermetier geschenkt hatte, und drückte ihn Jonas in die Hand.

»Ich versuche das Ganze schnell abzuwickeln, kann aber nichts versprechen. Wenn du magst, kannst du im Hotelzimmer warten. Die Adresse steht auf der Karte.«

»Okay. Ich wollte dich nur sehen«, nuschelte er.

»Lass uns nachher noch was zusammen machen. Jetzt geh aufs Zimmer. Du bist ja klatschnass. Ich muss jetzt los. Soll ich dir ein Taxi rufen?«

»Fahren wir dann zusammen?«

»Die andere Galerie ist nicht weit von hier. Du solltest fahren, damit du nicht krank wirst.«

Sie umarmten sich und Kate ging davon. Jonas rief kein Taxi, sondern lief zum Messebahnhof. Von dort aus fuhr er eine Station bis zum Hauptbahnhof. Ohne Fahrkarte. Wieder über den Rhein. Die Augen hatte er geschlossen gehalten. Noch einige Zeit ließ er sich durch die Nacht treiben. Die kühle Abendluft trocknete seine Kleidung. Ein Obdachloser trat an ihn heran und fragte ihn nach Geld. Jonas kramte in seiner Hosentasche und gab ihm einen Euro.

Auf dem Weg zum Hotel kam Jonas an einem Club vorbei, in den ihn zwei Frauen zu locken versuchten. Weil er keine Lust hatte, den im Hotelzimmer wartenden Gigolo zu spielen, willigte er ein. Außerdem war der Eintritt gratis. Nur kurz hineinschauen, etwas Spaß haben und – ohne etwas bezahlt zu haben – wieder gehen, dachte er sich. Doch wie sich schnell herausstellte, brauchte er bei dieser Klientel so viel Alkohol, um es erträglich zu machen, dass es fast wie Eintrittsgeld war. Es dauerte zwei wässrige Drinks, dann war er pleite. Ohne Aussicht auf weitere Gefühlsbetäubung, beschloss er, doch das noble Hotel aufzusuchen und sich seiner Rolle hinzugeben.

Der Page hatte ihn zwar skeptisch gemustert, ließ ihn trotzdem gewähren. Wäre Kate dabei gewesen, hätte sie ihn vor der Eingangstür sicherlich erst einmal zurecht gemacht. In manchen Momenten war sie eine Mischung aus seiner Mutter und einer Fremden.

Das drapierte Bett war unangetastet. Erschöpft ließ er sich auf den pompösen, neben dem Bett stehenden Ohrensessel fallen. Da spürte er zum ersten Mal seinen vom Faustschlag brummenden Schädel. Er hatte Angst davor, in den Spiegel zu schauen, was sich als ungerechtfertigt herausstellte, denn zu sehen war eher die kleine Schwester der Platzwunde: ein wenig geronnenes Blut und gerötete Wangenknochen. Er umwickelte seine Hand mit Toilettenpapier, feuchtete es mit kaltem Wasser an und presste es auf die geschwollene Stelle. Dann wartete er auf Kate. Mit jeder Minute, mit jeder Stunde wurde er unruhiger.

Gegen vier Uhr morgens – Kate war noch immer nicht da – beschloss er, den nächstmöglichen Zug zurück nach Hause zu nehmen.

✧

Das kalte Wasser umhüllte Helenas Körper. Stundenlang verharrte sie in der Position, so lange, bis ihre Fingerkuppen so faltig wie die Haut eines neugeborenen Shar-Peis waren. Hätten sie und Bertold Amelie nicht bekommen, säße neben der Wanne nun ein Hund, der schwanzwedelnd auf sie wartete.

Über Wochen hinweg hatten sie fast jedes Wochenende verschiedene Tierheime besucht. Nachdem Bertold aber von der Schwangerschaft erfahren hatte, war ein tierisches Familienmitglied kein Thema mehr gewesen. Sonst gäbe es nur Revierkämpfe, betonte Bertold stets. Insgeheim hoffte sie, dass Amelie irgendwann einmal in die Phase käme, in der sie sich nichts sehnlicher als einen Vierbeiner wünschte, denn seiner Prinzessin könnte Bertold nicht widersprechen.

Tatsächlich half die laienhafte Kryotherapie. Durch die Wirkung der Kälte kehrte ihr Sehvermögen langsam zurück. Erleichtert watschelte sie zurück ins Wohnzimmer. Auf dem Flur hörte sie, wie Amelie mit jemandem telefonierte. Nur ein paar Fetzen konnte sie aufschnappen: »Mama ist müde. – Langweilig. – Vermisse ich.«

Als Helena zu lauschen probierte, unterbrach Amelie das Gespräch und zog die Tür zu. Einsamkeit war am schlimmsten, wenn sie unfreiwillig war. Gerne hätte sie Kylian eine E-Mail geschrieben und wie damals aus ihrem Leben berichtet, doch das durfte sie nicht mehr, um nicht die Vertuschung des Unfalls zu gefährden. Auch wenn sie vorher nur sporadischen Kontakt gehabt hatten, so war er wichtig für sie gewesen, bemerkte sie jetzt. Sieben Jahre waren eine lange Zeit. Sieben Jahre, sieben Tage, sieben Köpfe. Früher war sie fast täglich abends unterwegs, heute schaute sie längst abgesetzte Talkshows auf DVD, las Bücher oder sinnierte über Vergangenes. Sie freute sich sogar auf den nächsten Tag, um die bestellten Schulbücher abzuholen.

Am Computer recherchierte sie nach der Sehstörung. Ärzten vertraute sie nicht mehr sonderlich. Zu oft schon hatten sie ihr falsche Versprechungen gemacht. Beim Surfen stieß sie auf ein MS-Forum. Dort schrieb ein gewisser Kryptex, dass es sich auch um sogenannte Scheinschübe handeln könnte. Weil die Symptome so schnell nachgelassen hatten, tat sie die ganze Sache als falschen Alarm ab.

»Bin wieder zu Hause«, rief Bertold. »Wo sind meine zwei Süßen?«

✧

Der Kioskverkäufer drückte Jonas einen Twix-Riegel in die Hand. Nach der langen Nacht brauchte er Energie. Raureif lag über dem Park. Funkelnde Eiskristalle lagen auf den Ästen, Zweigen und Nadeln der vom Winter ausgezehrten Bäume und Büsche. Das Eichhörnchen lugte aus der kleinen Öffnung eines hölzernen Stammes hervor.

»Nix gutes Frühstück. Vitamine sind gut. Nimm Apfel! Ist gratis«, tadelte ihn der Verkäufer und hielt ihm das Obststück hin.

Jonas bedankte sich. Sein Handy vibrierte erneut. Derweil war es die elfte Nachricht von Kate, die er wie bereits alle anderen ignorierte. Er schaltete das Handy aus. Nichts hatte er ihr mitzuteilen, worauf sie nicht auch selbst kommen könnte.

Als er vor dem Buchladen stand, fiel ihm auf, wie dreckig die Scheiben waren. Die Tür aufgeschlossen, kam ihm der schwanzwedelnde Franz entgegen.

»Was machst du denn hier?«

Ein heiseres Kläffen kam als Antwort. Genauso heiser begrüßte ihn seine Chefin: »Moin, Jonas. Hoffentlich haben wir dich nicht erschreckt.«

»Nein, nein.«

Er schaute sich um. Zahlreiche Umzugskartons zierten das sonst recht strukturierte Innere der Buchhandlung.

»Nicht, dass ich wieder neugierig sein will, aber warum sind Sie schon hier? Und was ist das alles?«

Sie zog die Mundwinkel nach unten, was aufgrund ihrer strengen Gesichtszüge wie eine schlechte Maske aussah.

»Meine Freundin und ich, also, wir hatten Streit. Sie warf mich«, sie verbesserte sich, »uns raus und sagte, wir brauchen eine Auszeit.«

»Das tut mir leid für Sie. Gibt es etwas, das ich tun kann?«

»Nein. Heute lasse ich den Laden geschlossen. Ich habe einfach keine Nerven, irgendwelche Kunden zu bedienen, wenn ich hier bin. Erst recht nicht an einem Samstag«, sagte sie und schlug mit der Faust auf einen Bücherstapel.

»Kann ich heute nicht die Arbeit übernehmen? Wie wäre das?«, hakte er nach.

Seine Chefin schüttelte energisch ihren kugelrunden Kopf. Für einen Moment hoffte Jonas, er würde von ihrem Hals fallen.

»Nein!«, sie erhob ihre ohnehin schon laute Stimme. »Ich will heute niemanden sehen, außer meinen kleinen Franz. Bevor er und ich uns hier einschließen, müsste er an die frische Luft. Wenn du das erledigt hast, kannst du gehen.«

Jonas versuchte sie irgendwie zu überreden, bleiben zu dürfen, aber es gelang ihm nicht. Ihre Überzeugung war noch felsenfester als ihr kompakter Körper. Die erhoffte Begegnung mit Helena rückte in weite Ferne. Irgendetwas musste er tun, um den Laden für sich zu haben.

Und so nahm er Franz an die Leine und stiefelte entschlossen Richtung Park. Er hoffte, dass das Eichhörnchen scheu und ängstlich geblieben war. Schon aus einiger Entfernung erblickte er den mittlerweile aufgeweichten und angenagten Teigknödel, den er am Tag zuvor gesehen hatte. Das Eichhörnchen war also mutiger als gedacht gewesen, hatte es jedoch nicht geschafft, ihn in seinen Bau zu bugsieren. Dieses Mal hielt er Franz nicht davon ab, die frittierte Kugel aus Quark, Zucker und Eiern zu fressen. Genüsslich verschlang sie der Vierbeiner und ließ nicht einen Krümel übrig. Einige Zeit gingen Jonas und Franz im Park spazieren. Da der Hund nicht auf seinen Plan zu reagieren schien, beschloss Jonas ihm weitere Leckereien zu reichen.

Beim Bäcker bestellte Jonas zunächst einen Kakao und vier Quarkinis, dann aber fünf, weil es einen Mengenrabatt gab. Mit diesen fütterte er den schwanzwedelnden Franz. Sie zeigten recht schnell Wirkung. Noch bevor Jonas seinen Kakao geleert hatte, übergab sich Franz. Das Erbrochene roch widerwärtig. Beim Aufstoßen dachte er daran, wann er das letzte Mal gespien hatte.

Das war erst vor ein paar Wochen gewesen, als er das Brot gegessen hatte, vor dem ihn Kate gewarnt hatte. Er aber hatte es nicht einfach verschwenderisch wegwerfen wollen und darauf plädiert, dass das Mindesthaltbarkeitsdatum nur ein Richtwert sei.

Bevor sich Franz ein zweites Mal übergab, trug Jonas ihn zurück in den Laden und setzte seine unschuldigste Miene auf.

»Was ist denn mit meinem Fränzchen los?«, fragte ihn seine Chefin vorwurfsvoll. »Hast du ihn so gehetzt?«

»Nein, natürlich nicht.«

Wie ein Häufchen Elend trottete ihr geliebter Köter durch den Laden und es dauerte nicht lange, da erbrach er erneut, dieses Mal auf einen auf dem Boden liegenden Karton voller Bücher.

»Fraaanz!«, rief sie in Sissi-manier.

Von seiner Freude ließ sich Jonas nichts anmerken.

»Oh nein. Ich hole schnell etwas zum Saubermachen.«

Er rannte in die Abstellkammer und griff sich einen Lappen. Das Erbrochene hatte nur den Einband eines einzigen Buches getroffen. Es war das Lifestylebuch einer Influencerin. So sehr er es auch zu reinigen versuchte, der widerliche Gestank ließ sich nicht entfernen. Jonas schaute seine sich um Franz kümmernde Chefin an und sagte leise: »Das muss ich wohl wegwerfen.«

»Jaja. Mach das.«

Die Klappe des Mülleimers fiel zu und Jonas bildete sich ein, das erleichterte Durchatmen der *klassischen* Autoren hören zu können. Da rief seine Chefin: »Guck mal schnell da hinten. Dort sind Medikamente drin.«

Er hastete los und durchwühlte den großen Karton.

»Das ist ja eine ganze Apotheke.«

»Da sollte auch was für meinen Franz sein.«

Er tat sichtlich bemüht, zwischen all den Medikamentenpackungen irgendetwas mit einem Hund darauf zu finden.

»Ich finde hier nichts«, log er.

»Was kannst du eigentlich?«, sie streichelte sanft über den Bauch des auf dem Rücken liegenden Vierbeiners. »Egal, ich fahre jetzt zum Tierarzt. Kümmere du dich bitte um alles hier.«

Selbstbewusst nickte er. Während seine Chefin Franz aus dem Laden trug, sorgte er für Ordnung. Als er der

Meinung war, fertig zu sein, stellte er sich empfangsbereit an die Kasse. Er stand sich die Beine in den Bauch. Da kam hinter dem milchigen Glas der Eingangstür die sanduhrförmige Silhouette einer kurzhaarigen Frau zum Vorschein.

»Hallo. Oh, hier ist es ja dunkel. Ich bin Joes Ersatz Mia. Nicht offiziell, also bitte erzähl das nicht weiter. Er hat zu tun. Bereitet alles für seine große Party vor. Er wird dreißig, weißt du.«

Jonas wusste nichts davon. Zwar sprachen sie jeden Tag miteinander, aber bloß über Belanglosigkeiten.

Die Dreißig rückte auch an ihn bedrohlich nahe heran. Schon vor einigen Jahren hatte er sich vorgenommen, zu allen kommenden Geburtstagen mit Kate das Land zu verlassen. Auf seine Mutter und irgendwelche Pseudo-Freunde von Kate, die sie einmal eingeladen hatte, damit überhaupt jemand kam, konnte er getrost verzichten.

»Also bringe ich heute den Stoff«, kicherte die attraktive Lieferantin, »den Lesestoff. Ich soll dich von ihm einladen. Gegen Neun geht es los. Hier die Adresse. Ich freue mich«, säuselte sie und hielt ihm eine Einladungskarte entgegen.

»Danke, aber... ich... ja, freue mich natürlich auch. Leider weiß ich noch nicht, ob ich Zeit habe«, warf er ein.

Sie winkte ab: »Zeit hat man nie, die muss man sich nehmen.«

Jonas dachte den restlichen Morgen über die anstehende Feier nach. Zwar trank er gerne Alkohol und hörte Musik, aber all das bevorzugte er allein oder mit Kate zu tun, weshalb er beschloss, nicht hinzugehen. Während er zerstreut das Geld in der Kasse zählte, öffnete sich die Tür. Er zuckte zusammen und verzählte sich.

Helena stand da. Sie betrat erneut die Bühne seines Lebens. Er als einziger Protagonist rückte sogleich in die erste Reihe des Parketts und verharrte in der Zuschauerrolle. Der Scheinwerfer war nur auf sie gerichtet. Engelsgleich stand sie in einem hellen weißen Lichtkegel.

»Endlich raus«, sagte sich Helena, als sie sich ein Taxi rief. Die Rechnung dafür bezahlte sie aus ihrer eigenen Tasche, da Bertold ihr sonst einen Vortrag gehalten hätte, warum sie nicht die öffentlichen Verkehrsmittel nutzen wollte. Streit wollte sie tunlichst vermeiden. Sie war froh, dass es ihr ganz gut ging. Bei einer chronischen Krankheit ging es einem nie richtig gut, es ging einem passabel, so lala oder eben *ganz* gut. Nach dem Besuch der Buchhandlung wollte sie sich mit Bertold zum Essen treffen. Wegen des neuen Projektes musste er schon früh auf der Arbeit sein, versprach aber, dafür eine längere Mittagspause einzulegen. Zur Feier des Tages hatte sie sich die kurzen Haare gelockt. Während sie eine Strähne nach der anderen um den Stab wickelte, überlegte sie, wie skurril das war: Frauen ohne Locken machten sich zu besonderen Anlässen welche, Frauen mit Locken glätteten ihre Haare.

Als sie den Laden betrat, war sie erfreut zu sehen, dass die schrullige Inhaberin nicht da zu sein schien. Bloß ein lädiert aussehender, junger Mann stand hinter der Kasse.

Während ihres Studiums hatte sie auch in einer Buchhandlung gearbeitet. Der Job machte ihr Spaß, denn sie lernte nebenbei etwas, der Verdienst war zufriedenstellend und ihr Chef war nett. Er war sehr nett. So nett, dass sie sich auf eine kleine Affäre einließ. Und so kam es, wie es kommen musste: Er verliebte sich in sie, wollte sogar seine Frau verlassen. Doch für sie kam all das zu plötzlich. Damit war das Ende ihres Jobs besiegelt gewesen.

Mit diesen Gedanken im Kopf schlenderte sie auf die Kasse zu. Der Mann grinste über beide Ohren. Ob die Chefin ihren Mitarbeitern das so eintrichterte, fragte sie sich.

»Mollo«, platzte es aus Jonas heraus. Sein Gehirn konnte sich nicht zwischen *Morgen* und *Hallo* entscheiden.

»Wie bitte?«

»Hallo Helena, meinte ich.«

»Ähm, hallo. Das ist ja noch persönlicher als bei Starbucks. Wenn Sie schon meinen Namen kennen, dann wissen Sie bestimmt auch, weswegen ich hier bin«, neckte sie ihn.

Jonas' Herz zerbrach. Es fiel klirrend auf den Boden und zersprang in unendlich viele Splitter, die sich schmerzvoll durch seine Haut bohrten und über die gesamte Verkaufsfläche verteilten. Sie hatte ihn nicht erkannt. Wie in Trance antwortete er ruhig: »Ja, tatsächlich. Ich hole Ihre Bücher. Einen Moment.«

Mit einer inneren Leere, wie er sie erst einmal – auf der Beerdigung seines Großvaters – gefühlt hatte stand er in der winzigen Abstellkammer, ihre bestellten Bücher in der Hand haltend. Einerseits war da die Enttäuschung, die Ernüchterung, aber andererseits redete er sich ein, zu viel erwartet zu haben. Er war älter geworden und hatte sich verändert. Er trug ein Wundmal über dem Auge, hatte gerötete Wangenknochen und war ungepflegt.

»Wie soll sie mich da erkennen können?«, bestärkte er sich in seiner Meinung.

Je länger er dastand, desto mehr wich diese Leere dem kribbelnden Gefühl, das er bereits vor vielen Jahren verspürt hatte, als er Helena in einer Vorlesung vorne stehen sah und sie voll Eifer über Stefan Zweigs *Schachnovelle* referierte. Damals brauchte er einige Jahre, bis er den Mut fasste, sie näher kennenzulernen. Seitdem hatte sich viel verändert. Er spürte etwas in sich: Als stünde er wieder mit ihr auf der Bühne und trotz tomatenroten Kopfes war er sich sicher seinen Text zu kennen. Entschlossen griff er das oberste Blatt des Druckerpapierstapels, kritzelte seine Handynummer darauf und begann zu schreiben.

Er war kein Lyriker, wusste nichts von Stilmitteln, Reimschemata und Versmaßen. Spontane Eingebungen brodelten aus ihm heraus und er wollte noch so viel schreiben, ihm fiel noch so viel ein, allerdings rief Helena bereits nach ihm, ob denn alles in Ordnung sei. Papier ist geduldig, Menschen nicht. Seine Leidenschaft für die Schreiberei schien endlich mehr Sinn zu ergeben, als lediglich die einsamen, nächtlichen Stunden und den Papierkorb zu füllen. Aufgeregt faltete er den Zettel zweimal und steckte ihn sich in die Hosentasche.

»Die Bücher waren etwas versteckt«, sagte er und schaute ihr fest in die Augen, als hoffte er, sie würde ihn doch noch erkennen.

Sie erwiderte dies mit ihren bernsteinbraunen Rehaugen und antwortete herzlich: »Danke sehr. Dann kann meine Tochter jetzt endlich loslegen.«

Ihre Hände griffen nach den Büchern, die Jonas auf den Tresen gelegt hatte. Dabei fiel ihr Blick auf seine vernarbten Arme und Fingerknöchel. Bevor ihre Hände das Ziel erreichten, zog er den Bücherstapel ein Stück zurück und fragte: » Sie haben eine Tochter? Wie alt ist sie denn?«

»Zwölf«, sprach sie fast stolz.

»Ein schönes Alter für ein Mädchen«, er räusperte sich. »Also nicht, dass ich… Nein, nein. Ich hatte auch mal eine Schwester, wollte ich sagen.«

»Ich verstehe schon. Inwiefern *hatte*?«

»Sie lebt nicht mehr.«

Helena senkte ihren Kopf und flüsterte: »Der Tod ist scheiße.«

»Stimmt.«

»Aber manchmal auch das Leben«, zögerte Helena.

»So wie jetzt«, murmelte er so leise, dass sie es nicht hören konnte.

Mit den Jutebeuteln voller Schulbücher stapfte sie los.

»Kann ich Ihnen tragen helfen?«

»Das wäre lieb. Mein Taxi wartet draußen.«

Er nahm ihr die Taschen ab. Obwohl er beide Hände voll hatte, hielt er ihr mit der Schulter die Tür auf. Langsamen Schrittes ging sie hindurch und stieg in den Wagen.

Jonas bemerkte, wie die erste Schweißperle seinen Rücken herunterrann. Die Bücher im Kofferraum verstaut, beugte er sich zum offenen Beifahrerfenster hinunter und drückte ihr den Zettel in die Hand.

»Eine kleine Leseprobe für Sie. Als Dank für den Einkauf. Sie ist ausschließlich für Sie gedacht. Lesen Sie sie bitte, wenn sie allein sind«, sagte er und seine Selbstsicherheit war verschwunden. Der Taxifahrer fuhr los. Zum Glück für Jonas, denn plötzlich lief der Schweiß aus allen Poren.

Das kleine italienische Restaurant befand sich inmitten der Innenstadt. Nicht nur wegen des Essens kamen sie häufiger. Es gab nicht mehr viele Betreiber, die sich den Luxus der Live-Musik gönnten. Bereits von außen konnte man die leisen, melodischen Klänge eines Klaviers vernehmen.

Helena schälte sich ungelenk aus dem Rücksitz des Wagens. Mit den schweren Taschen über der Schulter schob sie die hölzerne Eingangstür auf. Die Hände auf dem typischen rotweißkarierten Tischtuch zusammengefaltet, wartete Bertold bereits auf sie. Noch bevor sie sich setzten konnte, grüßte Bertold: »Hey. Draußen war es so kalt, darum habe ich mich schon hineingesetzt.«

Sie versuchte zu lächeln und verzog ihren Mund, doch es sah gequält und überhaupt nicht nach einem Lächeln aus.

»Was schleppst du denn alles mit dir herum?«

»Das sind Amelies Bücher.«

»Wie teuer waren die denn?«

»Es geht um deine Tochter. Zu Hause kannst du dir den Bon angucken. Ich habe Hunger.«

»Ach, haben wir jetzt zu Hause einen Juliusturm? Du weißt, dass wir sparsamer sein müssen.«

Sie schüttelte mit dem Kopf.

»Wie du meinst. Dann muss man an anderer Stelle kürzertreten.«

Schnell entschied sich Helena für *Pasta pesto rosso*. Obwohl sie länger nicht hier gewesen waren, erinnerte sie sich an die Geschmacksexplosion, die das Gericht in ihrem Gaumen ausgelöst hatte.

»Auf der Rückseite gibt es auch einen Mittagstisch. Davon nehme ich was. Du auch? Du magst doch die Pizza mit Rucola so gerne.«

Sie fühlte sich schwach, zu schwach. Der Kellner brachte Wein und Wasser und nahm die Bestellung auf. Während ein Stimmengewirr das Lokal füllte, schwiegen

Helena und Bertold. Nach so vielen Jahren der Beziehung hatten sie sich ausgesprochen.

»Wie lief es denn heute auf deiner… äh… Dingsda, du weißt schon? Gibt es was Neues?«

»Haben heute den Architrav geplant und uns Entwürfe zum Sgraffito angesehen. Es läuft gut, aber die Pergola muss überarbeitet werden.«

Sie wusste wieder, wieso sie so selten nachfragte. Selbstverständlich hätte ihr Bertold all die Begriffe liebend gerne ausführlich erklärt – wahrscheinlich hoffte er, dass er es durfte – aber sie nickte bloß. Eine halbe Stunde verging, dann wurde das Essen aufgetischt.

»Einmal Pizza für die Dame, einmal Pizza für den Herrn. Buon appetito.«

❖

Jonas schaltete sein Handy ein. Immerhin könnte sich Helena jeden Moment bei ihm melden, hoffte er zumindest. Dass er nicht mutig genug gewesen war, sie direkt anzusprechen, ärgerte ihn. Es piepte wie verrückt. Eine Nachricht nach der anderen erreichte ihn. Alle waren von Kate. Obwohl er zunächst überlegte, sie ungelesen zu löschen, las er jede einzelne. Zwischen den Zeilen erkannte er ihren wechselnden Gemütszustand: von wütend bis traurig bis flehend. »Es tut mir leid« stand in der letzten Nachricht.

Seine Chefin kam mit dem kränklichen Franz in einem Hundekörbchen wieder.

»Mein Süßer hatte eine Magenverstimmung. Und man hat einen erhöhten Kalziumgehalt festgestellt. Hast du ihm irgendetwas zu essen gegeben?«

»Natürlich nicht, ich war nur mit ihm im Park spazieren.«

»Pass nächstes Mal einfach besser auf. Du kannst jetzt gehen. Ich bleibe hier und mache den Laden für heute dicht. Aber denk daran, dass morgen verkaufsoffener Sonntag ist. Sei also pünktlich hier.«

Obwohl Jonas nicht daran gelegen war, zu streiten, fuhr er zu Kate nach Hause. Früher oder später müsste er sie eh sehen.

Ihr pinker Rollkoffer lag halbgeöffnet inmitten des engen Flurs, sodass er mit einem großen Ausfallschritt ausweichen musste.

»Hallo, jemand zu Hause?«

Weil keine Reaktion folgte, nahm er an, sie würde ihrem Ritual nachgehen. Am Nachmittag machte sie meist ein Nickerchen. Leise zog er sich Schuhe und Jacke aus und tapste ins Schlafzimmer. Wie vermutet schlief Kate. Sie lag zusammengerollt in der Mitte des Bettes. Berge von Decken hüllten sie wie ein Kokon ein. Kurz überlegte er, sie zu wecken, entschied sich jedoch dagegen. Mit ihr zu diskutieren war anstrengend, mit ihr zu diskutieren, während sie noch müde war, unmöglich. Daher schlich er ins Wohnzimmer. Sein Handy lautlos geschaltet, starrte er es an. Noch immer nichts von Helena. Er war enttäuscht und dann darüber enttäuscht, enttäuscht zu sein. Sie sollte ihm eigentlich egal sein. Doch er saß zittrig wie ein Junkie auf Entzug auf der Sofakante und kämpfte dagegen an, unentwegt auf das matte Display zu starren, das ihm nur sein zerknautschtes Spiegelbild servierte.

Kate kroch mit hängenden Augenlidern aus ihrer Höhle, schmuste sich seitlich an Jonas heran und sagte dann: »Lass uns nicht so viel streiten. Wenn zwei beieinanderliegen, wärmen sie sich. Wie kann ein Einzelner warm werden? Ich liebe Dich.«

Jonas legte seine Hand auf ihren Kopf und antwortete: »Ja. Ich dich auch.«

»Lass uns nicht über etwas reden, das sich nicht ändern lässt. Lass uns die Sache vergessen. Wir müssen einfach mehr zusammen unternehmen. Was hast du heute noch vor? Wollen wir vielleicht was trinken gehen?«

»Eigentlich gerne, jedoch bin ich auf einen Geburtstag eingeladen.«

»Dann komme ich mit!«

»Ist ein dreißigster Geburtstag und eine reine Männerparty. Tut mir leid«, log er – zumindest teilweise.

»Schade, vielleicht auch gut so. Dann kann ich mich ausruhen. Bin ganz schön kaputt von gestern. Ich gehe jetzt duschen.«

»Und ich gehe in die Stadt, ein Geschenk kaufen. Kannst du mir ein bisschen Geld leihen? Bekommst du gleich morgen wieder, will nur nicht mehr den Umweg zur Bank machen.«

Auf einmal schienen ihm Alkohol, fremde Leute und eine andere Umgebung gar nicht mehr so verkehrt zu sein. Darüber hinaus wollte er nicht das Risiko eingehen,

Kate in seiner Nähe zu haben, wenn die heißersehnte Nachricht eintraf.

Es war erst später Nachmittag, doch die dicke Wolkendecke ließ es wie Abend wirken. Eine frostige Kälte schlug ihm entgegen. In seinem Kopf lief der Feel-Good-Movie seines alternativen Lebens: Eine vernünftige Hausarbeit geschrieben, das Studium abgeschlossen, einen gutbezahlten Job gefunden, sich ein Auto leisten können und jetzt nicht frieren müssen.

Sein Magen knurrte. Da tauchte plötzlich Blaulicht hinter ihm auf. Erschrocken bremste er ab und stieg von seinem Mountainbike.

»Warum halten wir Sie wohl an? Warum? Warum?«, fragte ihn der schnauzbärtige Uniformierte angesäuert. Mit seinem sich immer wieder öffnenden und schließenden Mund erinnerte er Jonas an einen Nussknacker. Warum, warum, warum. Klappe auf, Klappe zu, Klappe auf, Klappe zu. Er musste unverhohlen lachen.

»Ausweis her. Sofort!«

»Das ist ein Missverständnis«, wehrte er ab und zog seine Geldbörse aus der Jackentasche.

»Fahrradfahren ohne Licht kostet zwanzig Euro.«

Jonas zog murrend den Schein heraus und wollte ihn dem Beamten überreichen, da sagte dieser grinsend: »Da du so ein gefährlich witziger Typ bist, macht das fünfundzwanzig Euro. Für die Gefährdungszulage.«

Widerwillig zahlte Jonas den geforderten Betrag und entfernte sich schiebend mit einem lautlosen »Arschloch«.

Nach einigen hundert Metern schwang er sich wieder auf seinen Sattel und fuhr weiter in Richtung Innenstadt.

Weil er sich von seinen restlichen zehn Euro noch einen Döner und einen Ayran gekauft hatte, blieb als Geschenk nur ein Drogerie-Wein. Damit die Kärglichkeit seines Mitbringsels nicht auf den ersten Blick zu erkennen war, wickelte er die Flasche in Geschenkpapier ein, das einem kostenlos im Kassenbereich zur Verfügung gestellt wurde. Aufgrund seiner nicht vorhandenen Einpackkünste sah es danach allerdings noch erbärmlicher aus, sodass er es wieder auspackte. Wegen der Kälte drückte er sich noch einige Zeit in einem Kaufhaus herum. Unentwegt starrte er auf sein Handy. Als er den Eindruck bekam, von einem schmierigen Ladendetektiv beobachtet zu werden, suchte er das Weite. Nach Hause wollte er nicht, bereits jetzt auf der Party aufkreuzen, konnte er nicht. Daher entschied er sich, für eine innere Wärme zu sorgen und nahm einen Schluck aus der Weinflasche. Zum Glück war es eine günstige, dachte er, denn die hatten einen Schraubverschluss.

Kurz vor Ladenschluss schaute er noch einmal in dem Drogeriemarkt vorbei, um die mittlerweile geleerte Weinflasche doch wieder einzupacken. Dann fuhr er zu Joe. Dort angekommen, schaute er ungläubig auf die Adresse, die auf der Einladungskarte stand. Trotz des weißen, in der Einfahrt stehenden Lieferwagens glaubte er, sich zu irren, klingelte dann aber trotzdem an der Tür des pompösen Wohnhauses. Herzlich wurde er von Joe und Mia empfangen: »Danke, ein Mitbringsel wäre nicht nötig gewesen, Jonas.«

Sie wollten ihm das Präsent abnehmen, aber Jonas bestand darauf, es selbst in die Küche zu bringen. Sobald er die große, mit antiken Möbeln eingerichtete Altbauwohnung betreten hatte, ließ er die leere Weinflasche im Abfalleimer der teuren Einbauküche verschwinden. Es waren erst so wenige Gäste da, dass er sich jedem einzeln mit Namen vorstellte: »Freut mich, ich heiße Jonas« – »Betty« – »Jonas« – »Mark« – »Jonas« – Elizabeth« – »Jonas« – »Auch Jonas«.

Die meisten Namen verschwanden wieder aus seinem Gedächtnis. Wie sich schnell herausstellte, hieß Joe eigentlich Johann und Mia Myrte, und sie waren ein Paar. Wie ein Celebrity-Paar aus einem Hochglanzmagazin. Nichts an ihnen wirkte echt. Sogar der überdimensional große Polospieler auf der Brusttasche seines Hemdes log, denn Polo spielte der übergewichtige Johann sicherlich nicht. Wie er jetzt erfuhr, arbeitete Johann nur als Lieferant, weil ihm sein Vater, dem ein bekannter Verlag gehörte, die echte Arbeitswelt nahebringen wollte. All dies war beim Ausliefern gut unter seinem Blaumann versteckt gewesen.

»Und du jobbst neben deinem Studium in einer Buchhandlung, Jonas?«, fragte ihn Elizabeth. Ihre Körperhaltung und die glattgebügelte Kleidung verrieten ihm, dass sie ebenfalls nicht aus seiner Gesellschaftsschicht kam.

»Das ist mein richtiger Job, Elizabeth«, antwortete er, wobei er die letzte Silbe ihres Namens in die Länge zog.

Mit einem Lächeln erwiderte sie von oben herab: »Das tut mir leid.«

Nicht, dass sie es besonders überheblich sagte, es klang eine ernsthafte Anteilnahme mit. Sie sagte es von oben herab, weil sie ihn mit ihren zwölf Zentimeter hohen Nietenabsätzen überragte.

Kurze Zeit später verschwand sie auffällig lange im Badezimmer und kam mit verschnupfter Nase wieder heraus. Plötzlich griff sie ihm in den Schritt und sagte näselnd: »Du musst deinem tristen Alltag entfliehen. Komm mit.«

Für einen kurzen Augenblick wollte sein noch in der Pubertät steckendes Ich darauf eingehen und bereute die Zwiebeln und den Knoblauch auf dem Döner, aber dann dachte der reifere Teil an Kate. Und an Helena. Bevor er sie jedoch abwehren musste, hatte Johann sie bereits beiseitegeschoben und sich bei ihm mit einem Himbeer-Rhabarber-Bier entschuldigt. Während Jonas ein gutes Pils vermisste, fing Johann an, über Kafka zu philosophieren. Immerhin müsste Jonas bei den ganzen Büchern, die ihn täglich umgaben, doch bestens über all die großen Schriftsteller Bescheid wissen. Man merkte, dass Johann eine besondere Faszination für das Wort *Kafkaesk* hatte. Er hangelte sich im Galopp von einer Literaturepoche zur anderen. Jonas fühlte sich, als wäre er in eine von Kates *akademischen* Künstlerpartys hineingerutscht. Als könnte es ihn retten, warf er unaufhörlich ein Auge auf sein Handy, das stumm blieb.

»Wenn ich mal was anbringen darf?«, durfte der ungebetene Gesprächsteilnehmer nach Jonas zwar nicht, tat es aber trotzdem. »Eure Ansätze mögen ja alle nicht verkehrt sein, aber der Klassikbegriff rekurriert auf einen Idealitätsanspruch, und so kann er, akuminös formuliert, als das Logische im Bereich des Schönen verstanden werden«, warf ein Zwirbelbart tragender Schnösel mit Panto-Brille ein, womit er Jonas' Versuche, dem Gespräch zu folgen, vollends zum Erliegen brachte.

✧

Bertold bezahlte das Essen mit ihrer gemeinsamen EC-Karte und überreichte dem Kellner ein Fünfzig-Cent-Stück. Normalerweise gab er in etwa sieben Prozent Trinkgeld, jedoch war er dieses Mal mit dem Service nicht so zufrieden gewesen.

Von alledem bekam Helena nichts mit, denn sie hatte sich, als Bertold die Rechnung verlangte, in weiser Voraussicht auf die Toilette verzogen. Er verabschiedete sich von ihr mit einem angedeuteten Kuss.

»Brauchst du Hilfe bei den Büchern?«

Helena verschränkte die Arme: »Jetzt auch nicht mehr.«

»Wenn das so ist. Dann sehen wir uns später. Fahre nach der Arbeit wieder zur Gruppe.«

»Aha. Die ist also auch samstags.«

Das ließ er unbeantwortet. Lässig stieg er in seinen Audi, Helena winkte sich vollbepackt ein Taxi heran. Sie war erschöpft und musste tief durchatmen, als sie sich auf die Rückbank fallen ließ.

»Wohin soll es gehen?«, brummte der Taxifahrer.

Helenas Schläfe durchfuhr ein Kopfschmerz. Sie biss sich auf die Zähne und wollte gerade antworten, da kamen aus ihrem Mund nur unverständliche Laute. Auch beim zweiten Anlauf war nur ein leises, abgehacktes Nuscheln zu hören.

»Zu tief ins Glas geschaut, Mädel? Kotz mir ja nicht in den Wagen, hörst du!«

Es dauerte einen Moment, bis sie realisierte, dass es die Dysarthrie war, die ihr der Arzt vor langer Zeit erläutert hatte. In ihrem Kopf hallten seine Worte nach: »Eine Sprechstörung kann bei MS jeder Zeit auftreten.«

Ihr liefen Tränen über die Wangen. Sie stolperte aus dem Wagen und fiel auf den Bürgersteig. Es kam ihr alles so unwirklich vor, denn im Hintergrund erklang aus dem Restaurant kaum wahrnehmbar Yann Tiersens *Comptine d'un autre été*.

Es war die Melodie ihres Lieblingsfilms und sie schien mitten drin zu sein. Wo war Amélie Poulain, um sie zu retten? Vielleicht war sie die junge Frau, die ihr aufhelfen wollte, aber als Helena die Situation zu erklären versuchte, kamen abermals bloß abgehackte Laute aus ihrem Mund. Und so winkte sie nur ab und die Frau ging weiter. Helena krallte die Bücher eng an sich, als würde sie diese Worte nicht auch verlieren wollen. Sie war in ihrem Leben noch nie so gedemütigt worden. Schluchzend saß sie auf dem Boden zwischen den Abgasen der Taxis und den umhereilenden Beinen der Passanten.

Die Taschen an sich gedrückt, sah sie das kleine zusammengefaltete Blatt Papier, das sie vor Eile ganz vergessen hatte, und erinnerte sich an die merkwürdigen Worte des Verkäufers. Sie klappte das Schriftstück auseinander und las es mit glasigen Augen.

Zu lange ist es her, du erkennst mich nicht mehr.
Spüre noch die Lippen, schmecke noch Pfefferminz.
Erinnerst du dich? Ich bin's.

Dein langer bunter Rock ist der Vorhang meiner Träume,
zu viel Zeit vergeht, die ich nur vergeude.
Wann kommst du wieder, nimmst mich zu dir mit?
Erinnerst Du dich? Ich bin's.

Unentwegt bist du der Hüter meiner Gedanken,
Will dich festhalten, spüren, mit dir tanzen.
Bin nicht mehr derselbe, nicht mehr ein Kind.
Erinnerst du dich? Ich bin's.

Erneut kullerten Tränen. Dieses Mal aus Rührung. Es waren die richtigen Worte zur richtigen Zeit. Ein Beben durchfuhr sie und sie raffte sich auf. Ohne intensiver darüber nachdenken zu müssen, wusste sie, von wem das Gedicht war.

Zwei vorbeigehende Schlipsträger unterhielten sich über den nächsten Börsencrash und regten sich lautstark darüber auf, dass sie im Weg herumstand. Sie schlurfte zurück in das italienische Restaurant. Per Fingerzeig bestellte sie einen Espresso, den sie bar bezahlte. Sie holte ihr Handy hervor und schrieb eine Nachricht.

»Bin ich menschlich?«, fragte Elizabeth in die Runde.

Eher affig, dachte Jonas, was er jedoch nicht aussprach. Bis auf ihn hatten alle einen gelben Klebezettel auf der Stirn.

Ein paar Fragerunden später kreischte sie: »Dann bin ich Penélope Cruz.«

Alle klatschten Beifall, bis auf einen.

»Den Film *Blow* kennst du doch auch, Jonas.«

»Ja klar, natürlich. War ein schöner Abend, danke für die Einladung, ich glaube, ich muss jetzt los. Muss morgen arbeiten – verkaufsoffen.«

»So früh schon? Schade. Hätte dich gerne noch besser kennengelernt«, sagte Elizabeth.

Händeschüttelnd verabschiedete sich Jonas von ihr, Johann und Myrte. Als Entschuldigung für den Abend steckte er sich einen Weinbrand ein, der unangetastet sein Dasein in der Küche gefristet hatte.

»Bis morgen früh, ich komme auch!«, rief ihm Johann hinterher und Jonas hoffte, dass die Sonne niemals mehr aufgehen würde.

Schlimmer könnte der Abend nicht werden, glaubte er. Da stellte er fest, dass jemand sein Mountainbike gestohlen hatte.

»Fuck«, brüllte Jonas so laut, dass Elizabeth ihr viel zu stark geschminktes Gesicht aus dem Fenster des ersten Stocks hielt und fragte: »Alles supi bei dir?«

»Supi dupi!«, rief er zurück und streckte ihr den Mittelfinger entgegen.

Schildkrötenartig zog sie ihren Kopf ein und schloss die schweren roten Vorhänge. Das war seine letzte Chance gewesen, dachte er.

Ab einem bestimmten Alter lernte man Freunde nur noch über die Arbeit kennen. Wenn man aktiv im Leben stand, vielleicht noch über ein Hobby. Doch das tat er beim besten Willen nicht. Aber je mehr er darüber nachdachte, desto gleichgültiger wurde es ihm. Obwohl er niemanden außer Kate und seiner Mutter – die er erfolgreich mied – hatte, war er zufrieden. Wie beim Skat waren drei manchmal genug. Es gab Menschen, die ohne andere Menschen nicht überlebten. Sie bezogen all ihre Energie nur über das Dasein der anderen. Er war froh, nicht zu dieser Sorte zu gehören. Und trotzdem fehlte etwas, jemand fehlte. Aber wollte man Skat zu viert spielen, musste einer aussetzen.

Die Reifen des roten BMW-Cabrios quietschten beim Bremsen und die Beifahrertür schnellte auf. Susanne drückte ihr ein Küsschen auf die Wange.

»Schön, dass wir uns mal wiedersehen!«

Helena nickte.

»Heute wortkarg, meine Hübsche? Bestimmt die Krankheit, richtig?«, fragte sie und biss in einen großen grünen Apfel. »Du musst mir versprechen, die Tage zum

Arzt zu gehen. Ich weiß, dass du das nicht gerne machst, aber manchmal muss es sein.«

Helena nickte erneut.

Seit der Diagnose hatte sich ihre Freundschaft verändert. Früher war sich Susanne für keinen Blödsinn der Welt mit Helena zu schade gewesen. Jetzt fasste ihre damalige Komplizin für Chaos sie nur noch mit Samthandschuhen an.

»Ich war eben eine Stunde lang der Baum. Bin die Stille also gewohnt.«

Schulterzuckend blickte Helena sie an.

»Yoga, du Nudel.«

Dann zückte Helena ihr Handy und tippte einen Satz ein.

Kannst du Amelie heute Nacht zu dir nehmen?

»Warum denn?«

Als Helena zu einem längeren Text ansetzen wollte, sagte Susanne: »Klar, dafür sind Freunde da.«

Amelie wehrte sich mit Händen und Füßen.

»Ich bin alt genug und brauche keinen Babysitter!«

Aber all das Rebellieren half nicht, wortlos verlud Helena Amelie samt Koffer in Susannes BMW.

Das Haus war leer. Keine Amelie, kein Bertold. Nur sie und das Ungetüm, die kleine Wanze, die sich irgendwann vor vielen Jahren in ihr eingenistet hatte und nun all die Entzündungen in Gehirn und Rückenmark verursachte. Das Leben gehörte nicht mehr ihr. Die Krankheit bestimmte fortan, was sie zu tun, was sie zu lassen und wie sie sich zu fühlen hatte. Der Film ihres Lebens und sie war von der Haupt- zu einer Nebendarstellerin degradiert worden. Und die Einschaltquoten wurden schlechter, nicht einmal ihr Mann wollte sie sehen. Verbittert saß sie am Küchentisch. In diesem Moment der Schwäche und des Zweifels griff sie zu ihrem Handy, denn sie hoffte auf treue Fans. Die Zeit verging. Niemand kam. Also ging sie ins Schlafzimmer, dann raus. Die Synchronklappe wurde geschlagen und sie verließ das Set.

Als sich Jonas gerade zu Fuß auf den Heimweg begeben wollte, traf eine Nachricht von Helena ein. Sein Herz hüpfte auf und ab und er fühlte sich wie damals, als er heimlich seine Jugendliebe Paula durchs Schlüsselloch beim Umziehen beobachtet hatte. Weit entfernte Träume schienen greifbar nah. Eine Nachricht mit ihrem Standort konnte nur eines bedeuten, dachte er. Aufgeregt und ein wenig ängstlich, überlegte er, was er zurückschreiben sollte und fragte sich, wie er in der Lage gewesen war, das Gedicht zu verfassen. Er beließ es dabei, nicht zu antworten, sondern handelte sofort.

»Elizabeth, Elizabeth!«

Keine Reaktion.

»Elizabeth, Elizabeth!«

Ihr grimmiges Gesicht späte zwischen den Vorhängen hindurch und sie fletschte ihre koksweißen Zähne: »Was willst du, Arschloch?«

»Hey, man muss doch nicht gleich ausfallend werden. Du kannst mir helfen, mich loszuwerden.«

Irgendwie imponierte ihr der Arbeiterjunge und sie gehorchte. Der Motor des Lieferwagens ratterte und durch die Lüftung strömte der Gestank nach verbranntem Öl. Johann war so hilfsbereit gewesen, ihnen den Firmenwagen zu überlassen. Jonas beschlich das Gefühl, er wollte sich damit eine kurze Auszeit von Elizabeth gönnen. Knackend legte sie den Gang ein. Die rotbesohlten High Heels hatte sie in den Fußraum des Beifahrersitzes gelegt.

Jonas war besorgt, die Schuhe in irgendeiner Weise zu beschmutzen oder zu beschädigen. Seitdem er exmatrikuliert war, besaß er keinen familiären Versicherungsschutz mehr. Auch wenn es nur wenige Euro im Monat wären, glaubte er, einfach vorsichtiger durchs Leben gehen zu können, und verzichtete auf eine Haftpflichtversicherung.

»Auch einen Schluck Weinbrand?«, fragte er und setzte den Flaschenhals an seine Lippen.

»Nicht reden während der Fahrt. Du kannst froh sein, dass ich eine soziale Ader für benachteiligte Kinder habe«, befahl sie und legte ihre devote Haltung ab.

Jonas kurbelte das Fenster herunter. Während sie die noblen Häuser des schlafenden Vororts passierten, schossen ihm konturlose Bilder durch den Kopf. Er sah einen gelben Kreis, ein rotes Viereck und schwarze Nebelschwaden. Allerdings verschwanden die Bilder so schnell, wie sie gekommen waren.

»Da sind wir. – Das Haus sieht ja gar nicht nach Armut aus. Dann lass uns hierbleiben. Fick mich auf der Ladefläche! Aber nicht dabei reden.«

Völlig verdutzt stotterte Jonas: »Wie? Was?«

»Darum sollte ich dich doch fahren«, sagte sie, während sie den obersten Knopf ihres Rocks öffnete.

»Ich will ja gar nicht«, wehrte er entrüstet ab.

»Du bist so ein Idiot.«

»Das bin ich«, entgegnete er und stieg aus. Der Lieferwagen preschte davon.

Alles wirkte so fremd und doch irgendwie vertraut. Es war ein merkwürdiges Gefühl. Beim Betreten des Grundstücks zauderte er, obwohl er nicht wusste, wieso. Mit flauem Magen ging er auf das elegante kastenförmige Haus zu. Zwar wusste er nicht viel über Architektur, doch dass dies eine bauliche Meisterleistung war, erkannte sogar er. Die Räume waren außerordentlich hoch. Und somit waren auch die meisten Fenster überdimensional groß. Sie bildeten die Schnittstelle zwischen Innen und Außen, zwischen Privatem und Öffentlichem. Derjenige, der dieses Haus geplant hatte, wollte ein Teil von beidem sein, er wollte zwischen den Welten stehen. Helena musste diese Weltenwandlerin sein, dachte er. Sie war in einem Moment zugewandt, persönlich, intim und im anderen kalt, förmlich und distanziert.

Bertold lachte und zog die Tür hinter sich zu.

»Auf Wiedersehen, alle zusammen.«

Eine junge Frau, die halb so alt war wie er, näherte sich von der Seite und kniff ihm in den Hintern: »Na?«

Sie kicherte: »In deinen oder in meinen?«

»Meiner ist geräumiger. Aber pass mit deinen hohen Absätzen auf«, grinste er.

Er drückte seine Lippen an ihre und schob ihr seine Zunge in den Mund. Ineinander verhakt taumelten sie zu Bertolds Audi. Mit dem Fuß unter der Stoßstange öffnete sich die Heckklappe und sie ließen sich auf die bereits umgeklappte Ladefläche fallen. Leidenschaftlich liebkoste er ihren tätowierten Hals, dann drückte er ihren Kopf nach unten.

»Hey, warte«, sagte sie und stieß ihn von sich. »Kannst du mir nun das Geld für das Festival geben?«

Er zückte sein Lederportemonnaie und zog einen grünen Schein heraus.

»Übertreib es nicht. Und überleg dir, ob du nicht wieder zur Gruppe kommen willst. Das würde dir guttun.«

Nach zehn Minuten war die Sache beendet. Sie stieg aus. Bertold wollte eigentlich nach Hause fahren, doch er war müde und erschöpft. Und da ihm Helena wenig Ruhe ließ, beschloss er, auf der Ladefläche zu dösen. Sein Handy piepte, was er nicht mehr hörte.

✧

Sich umblickend, sah Jonas in einen weiten, kaum beleuchteten Garten, der direkt in ein Feld überzugehen schien. Nicht weit entfernt erkannte er einen verrosteten, roten Polo. Wo war ihr Citroën? Abseits davon schimmerte das bläuliche Licht eines Swimmingpools, auf dessen Oberfläche ein Wasserball lag. Daneben glaubte er, einen kleinen Schneemann orten zu können. Vielleicht war es aber auch eine Statue. Je näher er der Haustür kam, desto skeptischer wurde er, was er hier gerade tat. Sie hatten sich das letzte Mal so richtig vor sieben Jahren gesehen, geküsst, geliebt, doch dann wurde er verstoßen. Sie hatte sich wieder in ihre Welt zurückgezogen. Ihre E-Mail, in der sie ihm mitteilte, ihn nicht wiedersehen zu wollen, befand sich noch immer im Archiv seines Postfachs. Er klingelte. Das Geräusch wirkte in dieser ruhigen Gegend wie ein Fremdkörper. Niemand öffnete. Hatte er ihre Nachricht falsch verstanden?

Auf wundersame Weise zog ihn etwas zu einer nahe an der Eingangstür gelegenen Fensterluke. Als hätte er all das schon einmal geträumt, ging er den roten Pflastersteinweg durch den dunklen Garten entlang, der nur durch das schwach leuchtende Swimmingpoollicht erhellt wurde. Vorsichtig linste er durch die sich spiegelnde Scheibe ins Innere, wo er schemenhaft ein Ehebett ausmachen konnte. Kalter Schweiß klebte an seiner glänzenden Stirn. Mit schwerem Herzen schleppte er sich zum nächsten Fenster, hinter dem sich ein Kinderzimmer befand. Er wusste, dass sie eine Familie besaß. Aber zwischen Theorie und Praxis lag ein meilenweiter Unterschied. Die Realität traf ihn wie ein Schlag in den Magen. Ihm wurde schlecht und heiß. Der Schweiß perlte von seiner Schläfe und er musste aufstoßen. Mit hängenden Schultern schlich er weiter ums ausgestorben wirkende Haus, da sprang ihm etwas ins Auge.

Der Wasserball auf dem Pool bewegte sich, als trügen ihn seichte Winde umher, doch die Luft stand still. Je näher er dem Wasser kam, desto stärker verkrampfte sein Magen. Er musste unweigerlich an seine Schwester denken. Kurz bevor er sich wieder abwenden wollte, wurde ihm bewusst, dass das schwimmende Etwas kein Ball, sondern der Kopf eines Menschen war – Helenas Kopf. Er lief an den Beckenrand, setzte zum Sprung an, zögerte dann jedoch. Als wäre er in Kaugummi getreten, hoben seine Sohlen immer wieder ab, aber schafften es nicht, sich vollends zu lösen. Die Angst vor dem tiefen Blau war zu groß.

Schnell griff er die Arme des Schneemanns und fischte mühsam mit Besen und Rechen Helenas schlaffen Körper heraus. Sie war mit einer weißen Bluse bekleidet. Obwohl er sie heftig schüttelte, regte sie sich nicht. Als sie vor ihm lag, kalt, nass und still, spürte er einen heftigen Schmerz durch Mark und Bein ziehen. Es war ein solcher Schmerz, wie man ihn nur wenige Male im Leben fühlen konnte, weil es einen so viel Energie kostete, nicht daran zu Grunde zu gehen.

»Nicht schon wieder!«, rief er.

Ein Schrei. Ein zweiter. Ein dritter. Während er mit seinem Handballen immer wieder ihren Brustkorb eindrückte, ließ er seinen Gefühlen freien Lauf. Ihm blieb kaum Luft, die er in ihre Lungen pusten konnte. Mit letzter Kraft beatmete er sie, da riss sie plötzlich die Augen auf und spuckte Wasser. Das Bewusstsein wiedererlangt, flüsterte sie: »Hilf mir. Ich will sterben.«

Sirenen ertönten und Blaulicht erhellte die Umgebung. Nachbarn mussten, durch die Schreie alarmiert, Polizei und Rettungswagen gerufen haben. Die Einsatzkräfte schoben Jonas beiseite und kümmerten sich um Helena. Erschöpft ließ sich Jonas fallen und saß wie paralysiert neben dem Geschehen auf dem feuchten Rasen. Bunte Lichter flackerten vor seinen Augen, als würde er in ein Stroboskop blicken. Er sah bloß verschwommene Umrisse und verlaufene Farben. Die einzige Gestalt, die er in ihren klaren Konturen wahrnehmen konnte, kam direkt auf ihn zu. Er glaubte sie zu kennen, aber erinnerte sich nicht mehr.

»Guten Abend, Jonas. Das war großartig von dir. Ich verstehe, dass du Zeit und Ruhe brauchst. Falls du aber reden möchtest, zögere nicht, mich anzusprechen. Ich werde dort hinten warten«, sprach die kräftige Stimme.

Regungslos blickte er dem Mann hinterher. Ein Polizist legte ihm eine Decke um, nahm seine Personalien auf und stellte ihm ein paar Fragen, die er allesamt wahrheitsgemäß beantwortete. Er sollte am nächsten Morgen – sofern es sein Zustand zuließ – aufs Präsidium kommen.

Noch etwas unsicher auf den Beinen begab sich Jonas zu dem fremden Mann.

»Wer sind Sie?«

»Du warst mal in meinem Büro. Erinnerst du dich nicht mehr?«, Herr Doktor Hofmacher blickte Jonas tief in die Augen. »Du hast heute vorbildlich gehandelt.«

Die Erinnerungen blieben im Verborgenen, aber das war nicht seine größte Sorge.

»Was machen Sie hier?«

»Ich habe eine Nachricht von Helena bekommen. Ich habe es aber nicht eher geschafft«, entgegnete er.

Jonas bekam eine Gänsehaut. Langsam fügte sich ein Bild in seinem Kopf zusammen, ein Porträt von Helena. Es sah anders aus, als er gedacht hatte. Sie schaute nicht ihn an, sie schielte in alle Richtungen. Das krumme Auge der Minne. Sein Phantasien wurde nach und nach vom Nichts verschlungen.

Das Nichts war kein großes schwarzes Loch, das alles aufsog. Es war schlimmer als das, denn ein Loch bedeutete, dass noch etwas existierte; wenn auch nur das Etwas, das alles andere zerstörte. Das Nichts hinterließ kein Loch. Gar nichts. Es war wie in *Die unendliche Geschichte*. Nur, dass sie nicht von seinem Großvater vorgelesen wurde, es war seine Geschichte.

Die Hände tief in den Hosentaschen vergraben, ging er durch die Straßen des toten Vororts. Nicht einmal mehr sich verstohlen umblickende Gesichter kamen hinter den Vorhängen zum Vorschein. Der Mond spiegelte sich in den getönten Scheiben der SUVs. Ein weiter Weg lag vor ihm, aber das machte ihm nichts aus. Monoton setzte er einen Fuß vor den anderen. Schritt für Schritt für Schritt.

Kate legte einen Arm um Jonas, der sogleich hochschreckte. Er fand sich, noch mit seinen Straßenklamotten bekleidet, am anderen Ende des Bettes wieder. Die Decke lag auf dem Boden und das Laken war nassgeschwitzt.

»Warum bist du angezogen?«

»Warum nicht?«, wehrte er ab.

»Du hast in der Nacht gebebt und gezittert. Hast du schlecht geschlafen?«

»Kann sein, aber ich erinnere mich nicht mehr«, log er. In Wahrheit hatte ihn während der gesamten Nacht Helenas Hilferuf verfolgt.

Seine Hosentasche vibrierte, was er zu verschleiern versuchte, indem er laut sagte: »Lässt du mich noch ein bisschen schlafen? Bin noch müde.«

Sie zog ihren Arm zurück und stand auf.

»Du bist manchmal komisch. Dann mache ich uns Essen«, sagte sie in einem freundlichen Singsang, wobei es ein wenig gekünstelt klang.

»Wenn du nicht eingekauft hast, haben wir aber keine Milch mehr.«

»Nehmen wir halt Wasser,« entgegnete sie.

Energisch schüttelte Jonas den Kopf.

»Och, Jonas. Dann gehe ich schnell einkaufen. Heute sollten doch auch Supermarkte offen haben, oder? Neuerdings macht beim verkaufsoffenen Sonntag ja jeder mit. Dass ihr Deutschen nicht einfach diese Regelung abschafft…«

Sobald Kate die Haustür geschlossen hatte, griff er zum Handy. Entgegen seiner Erwartung war es bloß eine

Spam-Mail gewesen. Als er auf das Display schaute, bemerkte er, wie spät es schon war.

»Mist«, fluchte er. Den Termin bei der Polizei hatte er ganz vergessen. Ohne sich umzuziehen, machte er sich auf den Weg.

✧

Die Polizeiwache sah anders aus, als er sie sich vorgestellt hatte und aus Filmen kannte. Er ging den kahlen Flur entlang. Seine Schuhe quietschten auf dem billigen PVC-Boden. Eine Menschentraube wartete vor einer Glastür, hinter der eine streng dreinblickende Beamtin Akten wälzte. Nicht einmal Sitzgelegenheiten waren vorhanden.

»Warten Sie alle hier?«, fragte er vorsichtig in die Runde.

»Nein, nur ich. Die anderen gehören zu mir«, antwortete ein kahlköpfiger Mann, der erwartungsfroh in Jonas' Gesicht schaute. Jonas verzog keine Miene.

»Kann ich dann als nächster?«

»Ich weiß nicht, ob du das...«, sagte der hobbymäßige Deutschlehrer.

»Ist ja gut. Darf ich dann als nächster?«

»Meinetwegen.«

Jonas quetschte sich durch den Pulk hindurch, als ihn jemand am Kragen packte und raunte: »Hinten anstellen.«

Der kahlköpfige Witzbold kringelte sich vor Lachen.

Nach zwei Stunden, seine Beine fühlten sich wie Blei an, winkte ihn die Beamtin herein. Roboterhaft sprach sie: »Was kann ich für Sie tun?«

»Ich sollte herkommen. Eine Aussage machen.«

»Haben Sie einen Namen?«

»Jonas Taub.«

»Nicht Ihren. Den Namen des Beamten, der Sie für die Aussage braucht.«

»Keine Ahnung. Es geht um Frau Rotheld.«

»Dann müssen Sie in Zimmer 3141. Treppe rauf bis in den dritten Stock, dann links und die zweite Tür rechts. Da werden alle Aussagen aufgenommen.«

»Toll.«

Bereits im Treppenhaus kam ihm der gesuchte Polizist entgegen, der ihn sogleich duzte.

»Schön, dass du es einrichten konntest. Kaffee oder Tee?«

»Kakao wäre super«, freute er sich.

»Kaffee oder Tee.«

»Nein, aber danke.«

Auf einem harten Stuhl, wie man ihn sonst nur aus dem Wartezimmer von Ärzten kannte, nahm Jonas Platz. Die Leuchtröhren über seinem Kopf flackerten. Er fühlte sich sichtlich unwohl und musste an Helenas Hilferuf denken. Schweiß lief ihm den Rücken hinab. Abwägend beobachtete ihn der Polizist.

»Alles in Ordnung?«

»Ja klar.«

»Dann lass uns mal anfangen.«

Es kam Jonas eher wie ein Verhör war. Jede Frage schien ihn in Widersprüche verwickeln zu wollen, jedoch wusste er auf das meiste sowieso keine Antwort.

»Kennst du vielleicht einen gewissen Kylian Dupont? Die Nachricht, die Helenas Mann, Herr Doktor Hofmacher und du vor dem Ereignis von ihr erhielten, wurde auch an ihn geschickt.«

»Nein, noch nie gehört. Ich verstehe das alles nicht.«

»In Ordnung. Das macht nichts. Wir auch noch nicht genau. Wir werden ihn sowie die beiden anderen Herren vorladen. Dann klärt sich vielleicht manches auf. Vielen Dank für deine Zeit. Wir melden uns.«

»Warum all diese Fragen? War es kein Unfall?«

Der Polizist grübelte und schien zu überlegen, wie viel er preisgeben durfte. Dann lehnte er sich zurück und faltete die Hände wie zu einem Gebet.

»Erst einmal müssen wir abwarten, wie sich die Geschädigte dazu äußert. Sie ist noch nicht ansprechbar. Auch wenn es vielleicht ein Unfall oder dergleichen war, müssen wir alle Möglichkeiten in Betracht ziehen. Also schließen wir auch ein Fremdverschulden nicht aus. Eine endgültige Entscheidung können wir erst später treffen. Wir ermitteln erstmal nur.«

Jonas kratzte sich am Kopf. Er wusste mehr, aber er wusste nicht, ob das in Helenas Sinn wäre. Das alles war zu viel für ihn. Er sehnte sich nach früher, seinen eigenen vier Wänden, der Matratze auf dem Boden, dem Lichterspiel an der Decke und vor allen Dingen nach Ruhe. Das Gefühl des Nichts kam wieder in ihm hoch. Nur wurde es jetzt von Helenas Stimme durchbrochen. *Hilf mir.*

Leise sagte Jonas: »Tut mir leid.«

Der Polizist entgegnete: »Das muss es nicht. Du hast uns geholfen. Bis dann.«

Bertold stand im Eingangsbereich der Intensivstation. Wortlos begleitete ihn die Stationsleitung vor Helenas Zimmer, wo er sich mit einem an der Wand hängenden Spender gründlich die Hände desinfizierte. Dann drückte er mit Hilfe seines Ellenbogens die Klinke nach unten und stieß die Tür auf.

»Sehr vorbildlich, Herr Rotheld«, sagte die Schwester lächelnd. »Wenn Sie Fragen haben, beantworten wir sie gerne hier draußen. Bitte nicht drin. Ansonsten alles wie gehabt. Sprechen Sie ruhig mit ihr.«

Helena sah unverändert aus. Sie war in einen künstlichen Tiefschlaf versetzt worden. Wie schon am vorherigen Abend lag sie starr auf dem Rücken. Nur ihre Augen bewegten sich unter den Lidern. Ein Beatmungsschlauch war über den Mund in die Luftröhre eingeführt worden. Die Monitore blinkten in einem beißenden giftgrün. Sie überwachten ihren Herzschlag, Blutdruck und ihre Temperatur. Außerdem zeichneten sie viele andere Messwerte auf, von denen Bertold nichts verstand. Er holte einen kupferfarbenen Kamm aus seiner Hemdtasche und frisierte sorgfältig ihr kurzes Haar.

»Amelie vermisst dich. Leider konnte sie nicht mitkommen. Sie ist noch in der Schule«, sprach er ruhig, als wäre er sich nicht sicher, ob sie ihn hören konnte. Dabei sagte er nicht einmal die Wahrheit. Es war Sonntag und Amelie war bei seinen Eltern. Sie hielten es nämlich für das Beste, Amelie von alledem nichts zu erzählen. Er wirkte konzentriert und in jeder Bewegung bedacht.

Auf einmal jedoch platzte es aus ihm heraus: »Wie ist das bloß passiert? Sag doch bitte was!«

Wäre in dem Moment nicht die Schwester hereingekommen, hätte er sie womöglich geschüttelt. Sie packte ihn bestimmt am Arm und zog ihn nach draußen.

»Sie müssen sich beruhigen. Ich weiß, dass das Ganze schwer für Sie ist. Aber damit helfen Sie ihrer Frau nicht.«

»Ich will bloß wissen, was da los war.«

Kate hatte einen Zettel auf dem Flurboden hinterlassen, den Jonas ignorierte. Weitere Vorwürfe konnte er nicht gebrauchen, die machte er sich selbst genug. Er war froh, dass Kate nicht zu Hause war, und ließ sich aufs Bett fallen. Es schien der einzig richtige Ort zu sein, um ein wenig Schutz zu haben, während seine Welt zusammenbrach. Er fühlte sich hin- und hergerissen. Einerseits wollte er Helena nie wiedersehen, sie und ihre Forderung vergessen, andererseits spürte er ein fortwährendes Verlangen nach ihr. Die Bettdecke hoch bis ans Kinn gezogen, starrte er in die Luft. Die Bettwäsche roch muffig und er sehnte sich nach ihr. *Hilf mir.*

Ihn überkamen Erinnerungen an seine Schwester Valentina. Sie hätte all diese Probleme nicht gehabt. Sie war niemandem hinterhergelaufen. Die Jungs waren ihr nachgelaufen, schon im Kindergarten. Täglich hatten sich die stärksten und forschesten Jungen darum geprügelt, mit ihr spielen zu dürfen. Aber sie hatte jedes Mal dankend abgelehnt, um ihrem kleinen Bruder beim Schaukeln Anschwung zu geben. Sie war seine große Schwester. War sie das noch immer, obwohl sie tot war?

Sein Handy klingelte und kurz erwog er, den Anrufer wegzudrücken, weil er ahnte, wer am anderen Ende sein würde. Dann hob er doch ab.

»Jonas!«

»Entschuldigung.«

»Okay, aber komm jetzt her«, antwortete seine Chefin ruhig.

Keine ausschweifende Strafpredigt, keine angedrohte Kündigung. Er war erleichtert. Auch wenn er in seinem Zustand wenig Lust hatte, das Bett zu verlassen, so bedeutete der Job irgendwie Hoffnung, denn erst er war es gewesen, der ihn und Helena wieder vereint hatte. Jedenfalls für einen Moment. In seinem Universum gab es kein Schicksal, aber für einen Zufall hielt er es auch nicht. Vielleicht gab es noch irgendetwas dazwischen. Jonas schloss die Augen und stellte sich vor, wie es Helena in diesem Augenblick erging. In seinen Gedanken lag sie auf einem weißen frischen Krankenhausbett, auf dem Nachttisch bunte Blumen stehend. Seine Fantasie durchkreuzten jedoch die Bilder der erlebten Realität, wie sie vor ihm kalt und nass auf dem Rasen ruhte; als sei der Körper nur noch eine Hülle. *Hilf mir.* Nur mit Mühe konnte er seine Hirngespinste verdrängen und sich aufraffen.

Die Eindrücke auf der Straße erschlugen ihn geradezu. Zwischen all den Erlebnissen der letzten Tage war ihm entgangen, dass Rosenmontag vor der Tür stand. Als eine der wenigen norddeutschen Städte feierte man auch hier ausgelassen die närrische Zeit. Die letzten Vorbereitungen für die Feierlichkeiten am kommenden Wochenende wurden auf Hochtouren getroffen: An den Straßenlaternen und -schildern wurden bunte Wimpelketten befestigt, rotweiße Absperrbänder aufgehängt und graue Betonpoller als Schutz vor Terroranschlägen aufgestellt.

Ein einziges Mal vor etlichen Jahren hatte Jonas bei einer Faschingsparty in der Schule mitgemacht. Normalerweise hielt er sich bei so etwas zurück und ließ sich für den Tag krankschreiben, aber seine Mutter hatte ihn irgendwie überreden können. Er war als Kürbis verkleidet, trug orangefarbene Klamotten und eine Maske. Aber kurz bevor ihn Paula und ihre Mutter abholten, riss er sich in der Hoffnung, so dem Ganzen noch entkommen zu können, die Kürbismaske vom Gesicht, sodass die Gummibandhalterung zerbarst. Trotzdem musste er in die Schule. Nun sah er nicht mehr wie ein Kürbis aus, sondern wie ein Müllmann. Damals waren Müllmänner nicht sonderlich beliebt gewesen. Er hasste Fasching, Karneval, Fassenacht oder wie man das auch nannte.

Während er mit hängendem Kopf zerstreut in Richtung des Buchladens ging, hielt plötzlich ein weißer Lieferwagen neben ihm.

»Moin, Jonas!«, rief Johann aus dem heruntergelassen Seitenfenster heraus. »Lass mich dich mitnehmen. Bin heute auch später dran. War gestern ganz schön heftig.«

»Ne, danke«, entgegnete Jonas.

»Komm schon.«

Jonas stieg ein. Im Fußraum lagen noch der Weinbrand und Elizabeths rotbesohlte High Heels.

»Du hattest gestern Spaß, was?«, lachte Johann, der auf die Schuhe deutete und ihm freundschaftlich seinen Ellenbogen in die Seite stieß. Jonas schwieg.

»Du musst wieder klarkommen. Hier nimm das!«

Er warf Jonas einen kleinen, quadratischen Plastikbeutel mit weißem Pulver zu.

»Los, steck es ein.«

Jonas ließ den Beutel in seiner Hosentasche verschwinden. Es war ein gutes Gefühl, eine Möglichkeit zur Hand zu haben, Helena mit einem Atemzug vergessen zu können.

»Wie geht das?«

»Wie geht was?«, antwortete Johann. »Noch nie was genommen?«

Jonas druckste herum: »Ne, naja, nicht so richtig.«

»Das kann man machen, wie man will. Wenn du es schnupfst, entfaltet sich die Wirkung nach nur wenigen Minuten und hält eine gute Stunde an. Perfekt für eine kleine Auszeit.«

Wie immer parkte Johann den Transporter auf dem Gehweg und öffnete gemächlich die Heckklappe. Jonas verstaute die Flasche Weinbrand in einer der Bücherkisten und verabschiedete sich: »Bis dann.«

»Bis morgen. Und viel Spaß, George Jung!«

Jonas' fragenden Blick sah Johann nicht mehr. Er stieg in seinen weißen Van und fuhr davon.

Die Türharfe läutete. Seine Chefin erwartete ihn bereits. Sie empfing ihn mit ausgestreckten Armen.

»Stell die Kisten ab, dann komm her und lass dich drücken. Es tut mir leid, was dir gestern passiert ist. Habe davon gehört.«

Er deponierte die Kisten neben der Eingangstür und ging zögerlich auf sie zu.

»Du weißt doch, in dieser Stadt bleibt nichts geheim.«

Sie umschloss ihn mit ihren kurzen, stämmigen Armen. Es löste ein Unbehagen in ihm aus. Auf einmal fing sie an zu schluchzen.

»Ich bin jetzt allein. Tamara hat gestern Abend richtig Schluss gemacht. Sie hat 'ne Neue.«

Ihm wurde noch unwohler zumute.

»Tut mir leid«, sagte er. »Sie haben doch noch Franz.«

Erleichtert befreite er sich aus ihrer schwächer werdenden Umarmung. Sie weinte. Unbeholfen versuchte er, sie zu beschwichtigen. Als er sie streicheln wollte, berührte er ihre Brust.

»Zu früh, Jonas!«, rief sie und ihre Tränen schlugen urplötzlich in ein Lachen um.

Er stotterte: »Tut...tut mir leid. Das war ein Versehen.«

»Weiß ich doch. Es ist wahr, was du sagst. So lange mein Fränzchen bei mir ist, bin ich nicht allein. Du hast dir heute einen freien Tag verdient. Der Laden muss nicht bei dieser kapitalistischen Ausbeutung mitmachen.«

Jonas lächelte und hob seine Hand.

»Aber eines muss ich noch erledigen«, sagte er.

Rasch verschwand er in dem winzigen Lagerraum. *Hilf mir* schienen die Wände zu flüstern. Jonas riss das Plastiktütchen auf und zog sich den Inhalt ungeschickt in die Nase, so wie er es etliche Male im Fernsehen gesehen hatte. Es dort beenden, wo es angefangen hatte, dachte er. Endlich den Kopf von Helena befreien. Mit dem Handrücken wischte er sich über die Nasenspitze. Sie kribbelte.

Eine kurze, schnelle Verabschiedung folgte und er rannte ins Freie. Er warf sich hinein in das Leben, das sich verändert hatte. Der graue Beton der Häuser und Straßen erstrahlte in prächtigem Glanz. Freudig und lachend lief er die Straße hinauf. Helena war aus seinem Kopf verschwunden. Als könnte es schöner nicht werden, lief nach einigen Metern ein graziles Mädchen auf ihn zu. Erst bei näherer Betrachtung sah er, dass es blutjung war. Es war in etwa dreizehn Jahre alt und nur spärlich bekleidet, was jedoch keiner der anderen Leute zu bemerken schien. Jonas hielt die Augen mit seinen Händen bedeckt und schielte durch die Ritzen seiner Finger.

»Na, Jonny. Hast du mich gesucht?«

»Zieh dir was an«, befahl er. »Die Leute gucken noch.«

Doch das Mädchen machte keinerlei Anstalten, ihren knabenhaften Körper zu verhüllen. Sie spielte mit ihren kaum entwickelten Reizen.

»Du willst mich so sehen, das weiß ich. Du stehst auf mich«, wieherte das Mädchen, das etwa einen halben Meter vor ihm stehen blieb. »Wenn du Frau Müller sagst, dass ich nicht in die Schule kann, weil ich krank bin, ziehe ich auch meinen BH für dich aus.«

Lasziv drehte sie ihm den Rücken zu und knöpfte den Verschluss ihres Bustiers auf. Jonas' Körper durchfuhr ein freudiges Prickeln. Es erregte ihn, wofür er sich schämte.

»Lass das!«

»Du willst es, Jonny. Du wolltest es schon immer«, grölte sie immer lauter werdend.

Da erkannt er ihre Stimme. Es war Paula, sein ehemaliger Schwarm. So schnell er konnte, lief er davon. Mit großen Schritten entfernte er sich von seiner Vergangenheit. Sie rief ihm etwas hinterher, was er nicht mehr hören konnte.

Noch immer etwas aufgelöst, kam er an dem Park vorbei, an dem er jeden Morgen vorbeifuhr. Er zuckte zusammen, denn plötzlich flogen zwei Tauben nur knapp über ihn hinweg. Sie erschreckten eine Fahrradfahrerin, die auf die Straße geriet und stürzte. Ein herannahendes Auto konnte nicht mehr rechtzeitig bremsen und überrollte die junge Frau. Es hört sich so an, als nähme jemand einen großen Bissen von einem Knäckebrot.

Völlig aufgelöst eilte er zum Unfallort. Ein Mann mit einem ungepflegten Vollbart und wahllos zusammengewürfelten 90er-Jahre-Klamotten kümmerte sich bereits um die Verletzte.

»Kann ich helfen?«

»Da kommt jede Hilfe zu spät. Sie ist tot. Komm her und schau dir die Frau an«, antwortete der Mann ohne jede Emotion.

Vorsichtig näherte sich Jonas. Die Kleidung der Frau kam ihm bekannt vor. Sein Herz raste und er verfiel in Schnappatmung.

»Los, komm her!«, wiederholte der Mann.

Obwohl es ihn einige Überwindung kostete, beugte sich Jonas über die junge Frau. Sie lag auf dem Bauch. An ihrem Hinterkopf klaffte eine triefende Wunde.

»Ich drehe sie für dich um, damit du sie erkennst, Jonas!«

»Woher wissen Sie, wie ich heiße?«, fragte er den Mann schüchtern.

»Wir haben nur auf dich gewartet.«

Ihn starrten die toten Augen seiner Schwester an. Vor Schreck fiel er zu Boden. Unter Schmerzen und dem Gelächter des Mannes robbte er davon. Als er sich noch einmal umsah, waren sie verschwunden. Kein Blut, kein Auto, kein Unfall. Wieder einmal hatte er sich in die Gegenwart retten können.

Die körperlichen Strapazen machten ihn hungrig. Also betrat er den nahegelegenen Bäcker, bei dem er fast täglich sein Frühstück kaufte. Niemand stand hinter der Theke. Dann aber ertönte eine Stimme: »Einen Moment!«

»Ich hätte gerne einen Kakao und ein Croissant.«

»Nein!«

»Nein?«, entgegnete Jonas stutzig.

»Ab heute nimmst du Kaffee. Du bist jetzt 27 Jahre alt. Da wird es Zeit, dass du ein Mann wirst.«

Die Verkäuferin kam hinter dem Tresen zum Vorschein. Sie schien sich dahinter versteckt zu haben. Es war jedoch nicht die Frau, die ihn jeden Morgen bediente. Zwar gehörte ihr der Körper, doch das Gesicht mutierte plötzlich zu Helenas. Tiefe Falten gruben sich ihre Bahnen um die erschöpft wirkenden Augen. Dann fraßen sich Maden durch ihre Augäpfel.

»Und wenn du ihn ausgetrunken hast, hilf mir bitte. Ich möchte sterben.«

Ein helles Fiepen durchbrach ihre Worte. Plötzlich öffnete sich der Boden und verschluckte sie. Panisch stürmte Jonas aus dem Laden.

»Aufhören, aufhören!«, schrie er mit aller Kraft.

Auf dem Bürgersteig fiel er direkt in die Arme einer Hexe. Sie lachte schelmisch über ihn. In der Hand hielt sie einen Besen, auf ihrer Schulter saß ein schwarzer Rabe und auf dem Kopf trug sie einen lilafarbenen Hut. Aus ihrem Mund kamen zischende Laute, die er nicht verstand. Er zog ihr an den schwarzen, zerzausten Haaren und brüllte: »Lass mich in Ruhe!«

Sie gab ihm eine Backpfeife und er fiel aus seinem Gemälde des magischen Realismus. Die Synthese der Halluzination und Realität löste sich auf und vor ihm stand eine ältere als Hexe verkleidete Dame. Am kommenden Sonntag fand der Karnevalsumzug statt. Entweder schien sie sich um eine Woche vertan zu haben oder sie probte schon einmal.

»Tickst du noch richtig, Bursche? Lass mein Kostüm in Ruhe, sonst fängst du dir noch eine.«

Geschockt rannte Jonas mit der Perücke davon.

»Es tut mir leid, es tut mir leid!«

Er taumelte durch die Straßen. Die Blicke der ihn anstarrenden Leute ignorierte er. In der Hand hielt er die schwarze Langhaarperücke. Wieso er sie nicht längst weggeworfen hatte, wusste er nicht. Helenas Stimme tobte durch das Innere seines schwer gewordenen Kopfes. Wie im Wahn rannte er nach Hause, wo er sofort ins Bett fiel. Schlaftrunken streichelte er über die schwarzen langen Haare, die auf dem Kopfkissen neben ihm lagen. Er schlief den ganzen Tag über und wachte erst in den frühen Stunden des nächsten Morgens wieder auf.

Beim Anblick der Perücke erschrak er. Der gestrige Tag war fast vergessen, nur der leicht bittere Geschmack auf seiner Zunge kramte die Erinnerungen wieder hervor. Bei dem Gedanken an seine Wahnvorstellungen lief es ihm kalt den Rücken herunter. Wasser, er wollte Wasser. Eine kalte Dusche und etwas zu trinken. Als er das Bett verlassen hatte, sah er Kates Zettel auf dem Boden liegen. Er hob ihn auf und las ihn laut mit der Stimme vor, die er verwendete, wenn er Kate nachäffte:

Ich weiß nicht, was mit dir los ist. Erst sagst du nichts, dann bist du einfach weg. Du bekommst den Abstand, den du suchst. Ich bleibe mindestens bis Rosenmontag in Köln. Du solltest dich entscheiden, was du willst. Bis bald.

P.S: Ich habe deine Mutter angerufen. Vielleicht kann sie dir helfen.

Zwar tat sich Kate mit der Aussprache von Umlauten schwer, aber die Rechtschreibung beherrschte sie perfekt, dennoch berücksichtigte Jonas beim lauten Vorlesen ihren Sprachfehler.

»Blöde Kuh«, schimpfte er zu guter Letzt. Wie sollte er sich so spontan entscheiden können, ohne zu wissen, was mit Helena los war. Außerdem war er der Meinung, dass sie nicht das Recht gehabt hatte, seine Mutter einzuschalten. Also schickte er Kate eine Nachricht, in der er ihr seine Unschlüssigkeit und seinen Ärger mitteilte. Postwendend erhielt er eine Antwort. Sie schrieb, dass er sich erst wieder melden brauche, wenn er in der Lage sei, eindeutig Stellung zu beziehen und einen anderen Ton an den Tag zu legen. In Kates Welt gab es keine Grautöne, bloß Schwarz oder Weiß. Gut oder böse. Ja oder Nein.

Danach kontaktierte er seine Mutter. Er wollte ihr sagen, dass alles gut und bloß ein Missverständnis sei. Anders als Kates wurde diese Nachricht nicht umgehend beantwortet. Das konnte drei Gründe haben.

Erstens war seine Mutter ganz und gar nicht technikaffin, weshalb das Tippen einige Zeit in Anspruch nehmen konnte. Zweitens war sie möglicherweise enttäuscht, denn sie bekam nur selten die Möglichkeit für Jonas da sein zu dürfen. Und drittens, was er hoffte ausschließen zu können, war es möglich, dass sie sich bereits auf den Weg gemacht hatte.

Hektisch versuchte er sie anzurufen, doch trotz zahlreicher Versuche sprang jedes Mal bloß der Anrufbeantworter an. Als er gerade das Wasserglas an seine Lippen setzte, klopfte es an der Tür.

»Jonas, bitte öffne! Ich weiß, dass du mich nur ungern in dein Leben lässt, aber Kates Nachricht klang ernst. Darum möchte ich dir helfen«, rief seine Mutter durch die geschlossene Wohnungstür.

»Die Hilfe kommt zu spät«, sprach er kaum hörbar.

Nach Valentinas Tod war seine Mutter auf Pilgerfahrt gegangen, geläutert wiedergekommen und hatte versucht die Familie mit ihren dort gelernten Kalendersprüchen zusammenzuhalten. Doch es hatte nichts gebracht. Kurz nach ihrer Rückkehr war sein Vater weggezogen und hatte jeglichen Kontakt abgebrochen. Ein paar Jahre später verließ auch Jonas das Nest, obwohl er kaum gelernt hatte zu fliegen.

»Bitte, Jonas!«

Jonas setzte sich auf den Fußboden, winkelte die Beine an und hielt sich die Ohren zu. Die Zeit heilt nicht alle Wunden.

Bertold verabschiedete sich von Amelie, die ihren ersten Tag in der neuen Schule hatte. Sie wusste noch immer nichts von Helenas Krankenhausaufenthalt und glaubte, ihre Mutter hätte spontan in ein MS-Zentrum fahren müssen. Sein Chef hatte ihm angeboten, sich ein paar Tage freizunehmen. Trotzdem erschien er um Punkt neun im Büro. Zwar wussten alle in der Firma Bescheid, trotzdem verhielten sie sich ihm gegenüber wie immer. Seine Sekretärin lieferte ihm freudestrahlend den unappetitlichen Automatenkaffee, den er dankbar annahm. Den restlichen Tag verbrachte er zurückgezogen hinter den milchigen Fenstern seines Einzelbüros.

Am Nachmittag verließ er die Firma. Nach der Arbeit fuhr er zu Helena, dort blieb er bis in die Abendstunden. Auf dem Stationsflur telefonierte er mit dem diensthabenden Ermittler der Polizei und fragte vergebens nach neuen Erkenntnissen. Anschließend besuchte er die Selbsthilfegruppe.

Nach einer halben Stunde war endlich Ruhe eingekehrt. Jonas duschte lauwarm und zog sich frische Kleidung an. Jetzt fehlte nur noch eine kleine Mahlzeit. Der Kühlschrank war noch immer nur mit gähnender Leere gefüllt, obwohl Kate einkaufen gewesen war. Das verwunderte ihn. Da bemerkte er den überquellenden Mülleimer. Sie hatte protesthalber alle Lebensmittel weggeworfen. Kopfschüttelnd ging er in Richtung Haustür, um zu lauschen, ob seine Mutter noch da war. Bis auf Alltagsgeräusche drang nichts in sein Ohr.

Zu seiner Erleichterung stellte er fest, dass seine Mutter auch nicht vor dem Haus gewartet hatte. Durch das Gedränge der ausschwärmenden Arbeitsbienen kämpfte er sich bis zum Bäcker hindurch, bei dem er sich abermals ein Croissant und einen Kakao kaufte.

Von Innen beobachtete er durch die Schaufensterscheibe das fleißige Treiben des Volkes. Es schwirrte aus, säuberte die Zellen, baute Waben und flog los, um Pollen zu beschaffen, und wirkte bei allem so, als würde es nur dafür leben. Mit seinem langen Rüssel saugte er die sich in der Ecke der Verpackung verkriechende Kakaopfütze auf. Dann machte auch er sich auf.

Am Donnerstag konnte Helena auf eine normale Station verlegt werden. Sie war wieder in der Lage, selbstständig zu atmen, zu essen und zu sprechen. Bezüglich ihres Unfalls hatte sie eine plausible Erklärung geliefert.

Sie war erschöpft gewesen und hatte Zeit für sich gebraucht, weshalb Amelie bei Susanne gewesen war. Um sich besser ausruhen zu können, nahm sie Schlaftabletten. Als sie merkte, dass ein MS-Schub einsetzte, wollte sie sich wie immer abkühlen. Dieses Mal nicht in der Badewanne, weil es zu lange gedauert hätte, Wasser einzulassen, sondern im Pool. Durch das eiskalte Wasser erhoffte sie sich eine Linderung der Symptome. Beim Schwimmen hatte sie jedoch auf einmal die Kontrolle über ihren Körper verloren, wie es schon so oft vorgekommen war.

Menschen glaubten, was sie glauben wollten. Sie schauten gerne auf den Vorhang und nur selten dahinter, weil dort etwas sein könnte, das nicht ihrem gewohnten Bild entsprach. Und so nahm man Helena ihre Erklärung ab.

Der Fernseher hing in der hinteren Ecke des Zimmers an der weißgestrichenen Wand. Über den Bildschirm flackerten die farbenfrohen Bilder einer Seifenoper. Zu stark geschminkte Laiendarsteller lachten herzlich, weinten bitterlich und taten belanglose Dinge, über die man nicht weiter nachzudenken brauchte.

Helena versuchte, die Fernbedienung zu greifen, doch es gelang ihr nicht. Ihr Arm war schlapp geworden. Auch der Versuch, sich aufzuraffen, scheiterte. Da betrat ein Krankenpfleger mit einer Spritze das Zimmer.

»Guten Morgen, ihre Vitamine kommen.«

»Schön«, sagte Helena, wobei ihr Kommentar nicht euphorisch klang. »Könnten Sie mir einen Gefallen tun, mein Lieber. Ich bin zu ausgelaugt. Mein Sohn wollte mich besuchen kommen, aber er weiß nicht, wo ich bin. Könnten Sie ihn für mich kontaktieren? Die Nummer finden Sie in meinem Handy.«

Ein FSJ-Mitarbeiter konnte ihr den Wunsch nicht abschlagen. In seiner ohnehin schon stressigen Schicht ohne Pause schrieb er die Nachricht, in der er ihrem vermeintlichen Sohn die Stations- und Zimmernummer mitteilte.

Die Kasse spuckte das Wechselgeld aus. Bunte Scheine füllten die Schublade. Gerade hatte Jonas Helenas Nachricht erhalten. Sein erster Reflex war, sie zu löschen, weil er ahnte, was sie von ihm verlangte. Kopf gegen Herz, Herz gegen Kopf.

Nur hören, was sie zu sagen hatte, dachte er sich. Mehr nicht. Möglicherweise hatte sie ja auch darüber nachgedacht und ihren Irrtum erkannt. Außerdem wusste er nicht, wieso sie überhaupt solche Gedanken hatte.

»Keine Eile. Nicht wieder alles für sie stehen und liegen lassen«, sagte er sich.

Später Nachmittag. Feierabend. Helena lag nicht in dem städtischen Klinikum, in das er vor vielen Jahren eingeliefert worden war. Sie befand sich in dem gut betuchten Hospital im Süden der Stadt. Bis dahin war es ein weiter Weg. Er nahm sich einen Fünfer aus der Kasse heraus und ließ ihn in der Hosentasche verschwinden. Wieder einmal verzählt. Es war nicht das erste Mal, dass er sich etwas zusteckte. Anders hätte er sein Leben die letzten Jahre nicht finanzieren können. Sein Verdienst war für ihren Lebensstandard viel zu gering. Nur konnte er Kate nichts von seinen Finanzen erzählen. Sie legte viel Wert auf ein gewisses Prestige, erst recht, seitdem sie das Leben einer begehrten Künstlerin führte.

Ein Ticket am Automaten gelöst, stieg Jonas in die mit Graffiti beschmierte Straßenbahn ein. Mit seinem Kinn kratzte er sich an der Schulter, um unauffällig den Geruch seiner Achseln zu überprüfen. Obwohl er vor Aufregung schwitzte, roch er nur sein dick aufgetragenes Deo. Bei jeder Haltestelle überlegte er auszusteigen, denn das

Herzklopfen wurde stärker und stärker. Die anderen Fahrgäste schienen seinen Wankelmut zu bemerken, denn sie fragten ihn, ob er eine bestimmte Adresse suchte. Unwirsch lehnte er ab. Die Straßenbahn passierte – ohne dass er Notiz davon nahm – das Barockschlösschen, das für die Prinzessin und spätere Herzogin Augusta errichtet worden war.

Zu Beginn seines Studiums, als er gerade erst hergezogen war, hatte er oft mit dem Fahrrad die Gegend erkundet, sich über Sehenswürdigkeiten informiert und sie besucht. Knapp neun Jahre war das nun her. Mit der Zeit verlor man den Blick für Details.

An der Klinik stieg er aus. Die Sonne war schwach geworden und wärmte kaum mehr. Er fröstelte vor Kälte und die ungemütliche Eingangshalle des Krankenhauses verstärkte dieses Gefühl nur. Während er auf den Wegweiser schaute, fiel ihm plötzlich ein Mann auf, den er schon einmal gesehen zu haben glaubte. Nicht sein Aussehen weckte etwas Vertrautes, sondern seine Bewegungen. Heimlich und mit etwas Abstand folgte er dem mysteriösen Fremden. Als der Unbekannte in einen schwarzen Audi stieg, ließ er von ihm ab und kehrte ins Gebäude zurück.

✧

Bertold manövrierte seinen Wagen in eine enge Parklücke, was dank der Rückfahrkamera ein Leichtes war, zog seine Daunenjacke an, nahm eine Tüte voller Fastfood und stieg aus. Vor dem Gebäude des Paritätischen Wohlfahrtsverbands schob er sich einen matschigen Billig-Burger nach dem anderen in den Mund. Den letzten verschlungen, verspürte er noch immer ein Hungergefühl. Die ersten Teilnehmer kreuzten auf und begrüßten ihn diskret. Manch einer drückte sich einige Zeit verstohlen auf dem Parkplatz umher, bis er den Mut fand, hineinzugehen. Das kahl wirkende Gebäude bildete einen harten Kontrast zu den ratternden Automaten mit ihren bunt blinkenden Lichtern und schrillen Tönen.

Beim Betreten des Gebäudes begrüßte ihn der Pförtner, was er kopfnickend erwiderte. Im Seminarraum wurde er herzlicher empfangen.

»Schön, dass du da bist, Bertold!«, rief ihm die Psychotherapeutin schon aus der Ferne zu.

Fünfzehn Frauen und Männer saßen still im Kreis. Manche waren zum ersten Mal hier, andere kamen immer mal wieder und wenige kontinuierlich. Bertold war als einziger zu allen Treffen der letzten Monate erschienen.

»Kannst du uns erzählen, wie es dir geht, Bertold?«, fragte die Psychotherapeutin.

»Gern, ganz ehrlich: Mir geht es dreckig. Auf dem Weg hierher bin ich an drei Spielotheken vorbeigekommen und war drauf und dran anzuhalten. Das einzige, was mich wohl daran hinderte, war mein Hunger.«

Die stumme Runde nickte zustimmend.

»Wieso geht es dir so, wie sagtest du, *dreckig*?«

»Meine Frau. Zwar ist sie bereits aus dem Koma erwacht, aber ihr geht es nicht sonderlich gut. Außerdem hat sich herausgestellt, dass ihre Krankheit – manche wissen es noch nicht, sie hat MS – schuld an dem ganzen Unfall war. Sie wäre fast gestorben. Ich weiß nicht, wie ich ihr helfen kann. Ich liebe sie. Die Krankheit ist aber zu viel für mich. Sie zerstört nicht nur meine Frau, sondern auch mich. Uns. Meine Tochter soll in einer normalen Familie mit gesunden Eltern aufwachsen.«

»Danke für deine offenen Worte, Bertold. Möchte sich jemand dazu äußern?«

Unruhig schoben sich manche auf dem Stuhl hin und her. Ein junger Mann, dessen Spielsucht ihn in den finanziellen Ruin getrieben hatte, meldete sich zu Wort: »Der Automat gibt dir auch keine Antworten auf deine Fragen. Er nimmt nur.«

Wieder ein zustimmendes Nicken, in das sich auch Bertold einklinkte.

»Ich weiß zwar auch nicht, wie du ihr helfen kannst, aber ich weiß, wie du *dir* helfen kannst«, sagte die Therapeutin. »Sprich mit ihr. Sag ihr das, was du uns hier eben sagtest.«

Bertold grübelte.

»Vielleicht sollte ich sie nachher nochmal besuchen.«

Zart klopfte Jonas gegen die Tür des Krankenzimmers. Sein Herz jedoch klopfte so laut, dass es die ganze Station gehört haben musste. Die Stimme, die ihn hereinbat, klang nicht wie Helenas. Seine Beine wollten weg, doch er klammerte sich an den Türgriff. Er erinnerte sich an die Nacht vor sieben Jahren. Auch da hatte er all seinen Mut gebraucht und war belohnt worden. Sich gestärkt fühlend, öffnete er die Tür und trat ein. Eine hübsche, gertenschlanke Frau stand ihm gegenüber.

»Hey, junger Mann. Kommen Sie rein. Ich bin die Susanne,« sagte sie und streckte ihm die Hand entgegen.

Zögerlich erwiderte Jonas die Begrüßung und haspelte: »Schön, dich… dich kennenzulernen, Jonas. Also ich bin Jonas. – Du Susanne.«

Susanne lachte lauthals auf. Jonas kratzte sich am Kopf.

»Jonas?«, hauchte Helena, die er bis dahin gar nicht richtig registriert hatte. Sie richtete sich ungläubig auf.

»Habe ich was verpasst?«, warf Susanne ein.

Mit knallrotem Kopf stotterte er fast lautlos vor sich hin und brachte kein vernünftiges Wort heraus. Er stand direkt zwischen Helenas und Susannes sich austauschenden Blicken. Dabei verspürte er solch ein Unbehagen, als stünde man vor fremden Leuten, die einem ein minutenlanges Geburtstagsständchen erbringen.

»Einer meiner Studenten«, versuchte Helena Susannes Neugierde abzuwimmeln, was ihr nicht sonderlich gut gelang. Susanne aber zwinkerte ihr zu und verabschiedete sich.

»Ein Glück, dass ich deinen Männe vertrieben habe. Nächstes Mal rufe ich vorher durch. Dann störe ich dich mit deinem Jüngling nicht. Melde dich dann einfach. Fantastisch, dass es dir wieder gut geht.«

Ihre Worte sollten fröhlich und lustig klingen, aber sie hatten etwas Trauriges in sich. Susanne zog die Tür fest hinter sich zu. Helena erwiderte nichts. Ruhe kehrte ein. Helena war wie ein Hurrikan. Sie stieß alles von sich, aber wenn man sich erst einmal im Auge befand, war es still. Man musste nur die sturmartigen Winde überstehen und nahe genug an sie herankommen.

»Hallo Frau Rotheld«, flüsterte er.

»Setz dich doch zu mir.«

Statuenhaft blieb er stehen. Dann platzte es aus ihm heraus: »Ich kann Ihnen nicht helfen. Ich kann das einfach nicht! Wieso wollen Sie sterben?«

»Alles gut. Ich wollte dich nur sehen. Sonst nichts. Danke, dass du gekommen bist«, sagte sie.

Jonas schwitzte. Sie streckte die Hand nach ihm aus und zog ihn zu sich heran.

»Bitte, setz dich zu mir aufs Bett. Ich habe unsere gemeinsame Zeit vermisst. Dein Gedicht war großartig«, sagte sie lächelnd.

Bedacht setzte er sich auf die Bettkante, aber nur so, dass er gerade nicht herunterfiel. Sie betrachteten sich eine Weile, ohne etwas zu sagen. Die abendlichen Sonnenstrahlen bahnten sich ihren Weg durch die dünnen Vorhänge und fielen direkt auf Helenas Gesicht. Jonas bemerkte Veränderungen, die ihm zuvor entgangen waren. Ihre einst zarten Augenfältchen schienen tiefer, der Blick ihrer bernsteinbraunen Rehaugen ernster und ihr zarter Körper schwächer zu sein.

»Ich habe MS. Multiple Sklerose. Unheilbar. Die schlimmste Form, die man haben kann. Ein Sterben auf Raten.«

Er schluckte und wendete seinen Blick von ihr ab. Das Wort blieb ihm fast im Halse stecken: »Fuck.«

Sie nickte und murmelte: »Das kannst du laut sagen.«

»Wie lange wissen Sie das schon?«

»Seit ein paar Jahren. Aber noch nicht, als das mit uns war«, sie hielt kurz inne. »Vielleicht habe ich es irgendwie gespürt.«

Jonas wurde zutraulicher, wie eine streunende Katze, die man mit Futter lockte, rückte auch er dichter an Helena heran. Nun saß er ganz auf der Bettkante und berührte mit seinem Oberschenkel ihre Decke.

»Aber der Tod ist doch keine Möglichkeit. Er ist das Ende. Jetzt sollten Sie in die Welt hinaus und all das tun, was Sie schon immer machen wollten«, sprach er ruhig und abwartend.

»Wenn man glaubt, dass nichts mehr kommt, worauf man sich freuen kann, dann hat man das Ende schon erreicht. Der Tod wäre nur eine erträgliche Form davon. Ich bin nicht so stark wie die anderen. Ich will kein Leben im Wartezimmer. Und für ein anderes fehlt die nötige Freiheit. Weißt du, mein Mann verwaltet alles…«

Stille. Nichts wusste er dem zu entgegnen. Schlaue Sprüche fielen einem oft erst Stunden oder Tage später ein. Und bevor er wie seine Mutter etwas sagte, nur um irgendwas zu sagen, blieb er lieber stumm.

»Es tut gut, dass du bei mir bist, Jonas. Hast du noch ein Gedicht für mich?«

Beschämt schaute er zu Boden. Er war froh, dass sie das Thema gewechselt hatte. Wenn es um den Tod ging, fehlten vielen Menschen die Worte. Kaum jemand sprach über ihn. Meist nur dann, wenn jemand starb, aber das war für mindestens einen immer zu spät.

»Gedicht würde ich das nicht nennen. Das ist keine Kunst. Ich schreibe einfach.«

»Der Kontext bestimmt die Kunst. Mir hat es sehr geholfen«, sagte sie und stupste ihn mit dem Knie an. »Es tut mir unendlich leid, dich nicht sofort erkannt zu haben. Du hast dich zum Positiven verändert, bist so erwachsen geworden.«

»Ich trinke immer noch Kakao.«

»Du Spinner. Ich muss sagen: Eine Tasse Kaffee und eine Zigarette wären jetzt fabelhaft.«

Er dachte an den Zigarettenstummel, der sich in der Innentasche seines Parkers befand, und griff sich instinktiv an die Brust.

»Du hast welche dabei?«, flehte sie förmlich.

Da wurde der Speisewagen hereingerollt. Der FSJ-Mitarbeiter tischte zwei labbrige Scheiben Käsebrot, grüne Paprikastreifen und einen Joghurt auf, wünschte einen »Guten Appetit« und verschwand.

Helenas Telefon läutete. Das Display zu sich gedreht, las sie die Nachricht, die sie soeben erreicht hatte.

Bonjour!
Ich bin in der Stadt, muss bei der Police eine Aussage machen.
Kann ich dich besuchen kommen?
Bisous.

Sie wandte sich wieder Jonas zu: »Du solltest jetzt lieber gehen. Bitte.«

Weltenwandlerin, dachte Jonas beim Verlassen des Hospitals, und er fing an, Kates Sicht auf die Dinge zu verstehen. Wissen ist Macht. Ungewissheit ebenso. Eben diese bestimmte seinen restlichen Heimweg. Nur zögerlich stieg er in die Straßenbahn, aus Angst, Helena könnte ihn doch noch zu sich bitten. Er war so unruhig, dass er sich nicht einmal setzen konnte. Wollte sie ihn bei sich haben, oder wollte sie nicht?

Bertold hatte sich nicht bei Helena gemeldet. Er war für sie ohnehin schon seit längerer Zeit nur noch ein Anhängsel ihres alten Lebens. Von ihm erhoffte sie sich keinerlei Verständnis oder Hilfe.

Mit einem kribbligen Gefühl lag Helena im Krankenbett. Das Gefühl kam nicht von den Substanzen, die ihr über die Schläuche zugeführt wurden, sondern aufgrund der Vorfreude, Kylian wiederzusehen. Sie hatte den Fernseher von dem FSJler ausschalten lassen. Der Film war zu Ende. Wenn es Jonas und Bertold nicht waren, vielleicht war Kylian die helfende Hand?

Er verspätete sich reichlich. Das Gespräch auf dem Polizeirevier hatte lange gedauert. Helena und er umarmten sich zur Begrüßung innig. Zwar schienen keine alten

Gefühle aufzukeimen, aber man merkte, wie vertraut sie sich waren. Sie redeten lange, aber blieben an der Oberfläche. Als Helena die Unterhaltung vorsichtig vertiefen wollte, ruderte Kylian zurück. Er schien das seichte Gewässer zu favorisieren. Also legte sie es darauf an, schmiss ihn ins kalte Wasser und offenbarte ihm ihr Verlangen, sterben zu wollen.

»Merde! Helena! Du hast eine junge Tochter! Willst du nicht sehen, wie sie eine richtige Frau wird? Helena!«, schrie er sie an.

»Sie war nie wirklich mein Kind. Bertold trägt die Verantwortung.«

Helena schrie nicht. Sie lag auf dem Rücken, die Hände auf der Decke zusammengefaltet. Mit ruhiger Stimme sprach sie: »Soll eine Tochter wirklich sehen müssen, wie ihre Mutter dahinrafft? Tag für Tag? Dann lieber sterben, wenn man noch in der Lage ist, es selbst zu bestimmen.«

Sie klang so, als hätte sie sich die Worte schon unzählige Male in Gedanken zurechtgelegt. Er schüttelte den Kopf, denn er wollte nichts mehr von ihr hören. Bevor er das Zimmer verließ, sagte er: »Du bist verrückt!«

Sie dementierte es nicht. Sie war verrückt, an eine andere Stelle gerückt, abseits der Norm, doch bei Sinnen war sie gewiss.

Zu Hause angekommen, recherchierte Jonas stundenlang am Handy. Bis zur zehnten Seite der Googlesuchvorschläge las er sich alles über MS durch und so langsam begann er, Helenas Wunsch nachvollziehen zu können.

Bei MS-Patienten lag das Risiko, im Laufe des Lebens an einer schweren Depression zu erkranken, bei rund fünfzig Prozent – damit war die Chance dreimal so groß wie bei der Allgemeinbevölkerung. Er konnte es verstehen, die Krankheit schien einem jeden Lebensmut zu rauben. Trotzdem wollte er ihre Todessehnsucht nicht gutheißen, denn das Leben war kostbar und eine Krankheit durfte nicht stark genug sein, einen zu zwingen, es aufzugeben. Doch von seinem Standpunkt aus war es leicht zu urteilen.

Die zahlreichen Erfahrungsberichte nahmen ihn sichtlich mit. Er lehnte sich zurück, schloss seine Kopfhörer an und hörte Brett Dennens *Ain't No Reason*. Jeder kleine Herzschlag, jeder kleine Atemzug.

Wie konnte er ihr helfen? Einen Arzt kontaktieren? Diese Art von Mensch war er nicht. Probleme müsste man selbst lösen. Außerdem erinnerte er sich daran, wie Kate seine Mutter involviert hatte. Jemandem ungefragt Hilfe aufzudrängen, war das Letzte, was er tun wollte. Er beschloss, sie eine Weile in Ruhe zu lassen und sich genau zu überlegen, wie er ihr am besten beistehen könnte. Irgendwie musste er ihr Mut machen, sie wiederaufbauen. Aber durfte er ihr Richter sein?

Schäfchen zu zählen, half nicht, weshalb er sich aufs Sofa setzte. In der Hoffnung, dass das Fernsehen seine Sinne betäubte, schaute er auf die bunten Bilder und dämmerte vor sich hin. Es lief ein Film über Eisenbahn-Romantik. Seine Augen wurden schwerer. Irgendwie musste er auf die Knöpfe der Fernbedienung gekommen sein, denn die ruhigen Bilder und die sanfte Melodie wurden durch schnelle Schnitte und stöhnende Frauen-stimmen ersetzt. Während auf der Mattscheibe eine dickbusige Dame aus der Nachbarschaft ihre telefoni-schen Dienste für nur wenige Euro anbot, summte sein lautlosgestelltes Handy.

Kommst du noch vorbei?

Er wollte sich nicht freuen. In Anbetracht dessen, dass Helenas Verhalten ihm gegenüber wieder umschlagen könnte, bemühte er sich, neutral zu bleiben. Außerdem hatte er noch keinen Plan, wie er mit ihr umgehen sollte.

Wenn du das möchtest.

Er schaltete den Fernseher aus. Sein Handy vibrierte erneut.

Ja!

Obwohl er bewusst versuchte, nicht vergnügt zu sein, jauchzte er leise auf. Bestimmte biologische Prozesse ließen sich nicht kontrollieren.

Dann bis gleich! Drück mir die Daumen, dass ich mich unbe-merkt hineinschleichen kann.

Die Deutsche-Bahn-App zeigte ihm keine Verbindungsmöglichkeit mehr an. Es war zu spät in der Nacht. Er durchwühlte die Regale und Schubladen auf der Suche nach Geld, mit dem er ein Taxi hätte bezahlen können. Nichts. Kates Sparschwein, in das sie seit Jahren jede Woche einen Fünfer steckte, ließ sich nur öffnen, indem er es zerschlug, was er nicht wagte. Also ging er zum Carport, den die Nachbarn für einen sicheren Ort hielten, und nahm sich eines der unabgeschlossenen Fahrräder. Das auf Hochglanz polierte Trekkingrad verfügte sogar über einen Elektroantrieb.

Als Geräusche aus dem Wohnhaus der Nachbarn drangen, sprintete er los. Er schob das Rad noch einige Meter und schwang sich dann auf den Sattel. Sein Handy ließ er in der Jackentasche verschwinden. Das orangefarbene Elektrorad schaffte problemlos über zwanzig Stundenkilometer, ohne dass Jonas überhaupt in die Pedale treten musste.

Unbemerkt empfing er eine weitere Nachricht.

Kannst du mir Schlaftabletten mitbringen?
Ich bekomme kein Auge zu. Oder wir trinken noch was zusammen? Oder beides?

Mit dem Fahrrad zwischen den Beinen fühlte er sich sicher. Weniger wegen des guten Zustands, der seinen Rädern immer fehlte, sondern weil die Polizei wegen des funktionierenden Lichts keinen Grund hatte, ihn anzuhalten.

Er war das Licht, das die Nacht erhellte. Das Licht am Ende des Tunnels, in dem Helena gefangen war. Schneller als es die Straßenbahn geschafft hätte, erreichte er das Gelände des Hospitals. In Gedanken an Helena radelte er nichtsahnend auf den Haupteingang zu. Auf einmal tauchte vor ihm ein weiteres Licht auf.

Selective Yellow. Es blendete ihn. Lichter in der Dunkelheit, zwei Männer, die sich nicht kannten und doch vereint waren. Der rote Wagen näherte sich. Dieser fuhr so langsam an Jonas vorbei, dass er den Fahrer hinter der leicht spiegelnden Scheibe erkennen konnte. Er sah aus wie sein in die Jahre gekommener Doppelgänger. Ein Allerweltsgesicht, aber der gleiche etwas zu kantige Kiefer, die gleiche blasse Haut und die gleichen gelockten schwarzen Haare. Diese ungewöhnliche Begegnung veranlasste Jonas sich umzudrehen, um seinem Gegenstück hinterherschauen zu können. *FR–81* waren die Endstellen des Kennzeichens.

Da machte es klick. Als wäre ein Staudamm geöffnet worden, strömten die vormals blockierten Erinnerungen in sein Gedächtnis. Auch wenn nicht alle Alltagsmomente aufkamen, so erinnerte er sich wieder an das Erlebnis auf Helenas Grundstück, das Gespräch mit ihr und dann an den Unfall, vor dem er eben diese gelblichen Lichter gesehen hatte. Der Nebel, der bis dahin auf dem Tag vor sieben Jahren gelegen hatte, verflüchtigte sich. Nun wurde ihm bewusst, dass Helena ihn damals angefahren und Fahrerflucht begangen hatte. Und jetzt gerade fuhr ihr Mann seelenruhig mit ihrem Auto an ihm vorbei, glaubte er.

Er hätte vor Wut toben, sich die Haare raufen und die Fäuste ballen sollen, aber da war nichts. Kein Groll, kein Ärger, keine Entrüstung. Zum einen, weil er Mitleid mit Helena hatte, und zum anderen, weil er keine wirklichen Schäden davongetragen hatte. Die Narben waren der Makel, nach dem er sich in seinem Gefühl der Unsichtbarkeit immer gesehnt hatte. Der Unfall markierte vielmehr einen Wendepunkt, durch den sich sein Leben ins Positive verkehrt hatte. Die Misere mit dem Studium war ohnehin unausweichlich gewesen, daran trug der Unfall keinerlei Schuld. Nicht nur, dass er ihr vergab, je mehr er darüber nachdachte, desto dankbarer war er ihr. Unbewusst hatte sie seinem Dasein einen Tritt in die richtige Richtung gegeben.

Er wollte ihr schreiben und schaute auf sein Handy. Da las er Helenas Nachricht und kehrte um.

Helenas Gedanken kreisten um ihr Leben, ihre Krankheit und den Tod. Ihre Augen waren offen, aber um sie herum war es finster. Nur der Schlitz unter der Tür ließ ein bisschen Helligkeit herein. Sie fühlte sich schwach. Unter Schmerzen drehte sie sich auf die Seite. Auf dem Nachttisch lag etwas, das dort vor Kylians Besuch noch nicht gelegen hatte. Bei genauerer Betrachtung erkannte sie, dass es eine winzige, hellblaue Muschelschale war.

Sie und Kylian waren oft am frühen Morgen, wenn die Stadt noch schlief, nach Saint-Valery-en-Caux gefahren, um an der felsigen Küste nach kleinen Schätzen zu suchen. Meist fanden sie jedoch nur Abfall, glitschige Algen oder eben Muschelschalen. Nur selten entdeckten sie Bernstein. Wahrscheinlich lag ihre geringe Erfolgsquote auch daran, dass sie die meiste Zeit nur Augen füreinander hatten.

Irgendwann nach Valery-en-Caux zurückkehren, hatte sie sich vor sieben Jahren noch eingeredet, das Gefühl der Heimat spüren und das Leben führen, das sie sich insgeheim immer gewünscht hatte. Dafür war es nun zu spät.

Die Zimmertür öffnete sich einen spaltbreit und Jonas lugte herein. Das grelle Flurlicht erhellte Helenas Zimmer.

»Ist die Luft rein?«, flüsterte er.

»Ja. Du hast es geschafft.«

Er schlich auf Zehnspitzen hinein und zog die Tür lautlos zu. Der Raum war wieder von Dunkelheit umschlossen. Alles war nur schemenhaft zu erkennen. In der Hand hielt Jonas eine Plastiktüte.

»Das hat aber lange gedauert«, sagte Helena.

»Fragen Sie mich nicht, woher ich die Sachen habe.«

»Danke, Jonas, wirklich.«

Sie schien zutiefst bewegt, denn ihre Stimme zitterte bei jedem Wort, das aus ihrem Mund kam.

Gierig griff sie nach der Tüte. Doch sobald sie diese in der Hand hielt, kam neben dem Verlangen noch eine weitere Empfindung auf: Angst.

Sie schluchzte leise.

»Aber bevor ich gehe, möchte ich Ihnen etwas mitteilen«, flüsterte er. »Ich weiß es. Damals. Ich verzeihe Ihnen.«

Sie schien geistesabwesend zu sein. Jonas war sich nicht sicher, ob sie ihn gehört hatte.

»Frau Rotheld? Sagen Sie doch was«, er erhob seine Stimme. »Helena?«

Helenas Körper zitterte so stark, dass die Plastiktüte unaufhörlich raschelte. Jonas umfasste ihren Arm und hielt ihn fest. Das Beben ihres Körpers ließ nicht nach. Er umarmte sie. Sie schwitzte. Ihr Nachthemd klebte an ihrer Haut.

»Das muss nicht das Ende sein. Es könnte auch ein Anfang werden. Fahren Sie weg und genießen Sie die Zeit, die Sie noch haben. Aber ich bin nicht hier, um Ihnen zu sagen, was Sie tun sollen. Ich unterstütze Sie bei dem, was sie tun wollen.«

Er löste seine Umarmung. Seine Predigt rief keine Reaktion hervor. Nicht, dass er eine erwartet hatte, aber so fühlte es sich an, als spräche er gegen eine Wand. Die Wand, die sie sich seit Jahren als Schutz gegen Kommentare zu ihrer Krankheit aufgebaut hatte. Er betrachtete sie genauer, was aufgrund der Dunkelheit kein Leichtes war. Mühsam verfolgte er ihren starren Blick. Da sah er, was sie unentwegt fokussierte: Die kleine, hellblaue Muschelschale auf dem Nachttisch.

»An der Schale kann man erkennen, wie alt eine Muschel ist. Die einzelnen Wachstumsbänder entstehen Jahr für Jahr, wie bei der Rinde eines Baumes. Die Muschel scheint recht jung gewesen zu sein«, flüsterte er.

Gedanken an Valentina kamen hervor. Er wischte sie beiseite, indem er die Muschelschale nahm. Helenas Blick löste sich aus seiner Starrheit und ihr Körper wurde ruhiger. Sie blinzelte zum ersten Mal wieder. Jonas versuchte zu lächeln.

»Es gab mal eine Muschel, die wurde 507 Jahre alt. Sie starb, weil Wissenschaftler sie einfroren. Sonst wäre sie noch viel älter geworden.«

Sie reagierte nicht darauf.

»Kannst du sie meiner Tochter geben?«

Jonas überlegte einen kurzen Moment, dann sagte er: »Das sollten Sie besser selbst tun.«

»Ich weiß nicht«, sie holte Luft. »Danke, Jonas.«

Er legte die Muschelschale in ihre kalten Hände, die sie sogleich fest umklammerte.

»Ich bin müde.«

»Dann schlafen Sie gut. Ich…«, Jonas verstummte. Es gab Momente, in denen Worte nur leere Hüllen waren.

Seine Augen brauchten eine Weile, um sich an die Helligkeit zu gewöhnen. Auf dem Flur der Krankenstation begegnete er einem alten, buckligen Mann. Der Alte wirkte fröhlich, obwohl er beim Gehen humpelte.

Jonas war erschöpft und niedergeschlagen. Mit gesenktem Kopf schlich er die Gänge entlang. Plötzlich entdeckte er in dem sonst so cleanen Flur etwas auf dem Fußboden: eine Münze.

So sein wie die anderen, dachte er. In der Eingangshalle kaufte er sich mit der Münze einen Automatenkaffee und setzte sich auf eine Holzbank in der Besucherecke. Der Platz neben ihm war frei.

Anscheinend war ihm der alte Mann gefolgt, denn er ließ sich neben ihm nieder. Als Jonas in die dunkle Brühe blickte, sagte der Alte: »Besser spät als nie.«

Jonas schaute ihn an. Speckige Falten zierten sein Gesicht. Seine Wangen schienen sich bereits vor Jahren der Schwerkraft ergeben zu haben. Auch seine Mundwinkel waren weit nach unten gerichtet.

»Hier«, sprach Jonas und drückte ihm seinen Kaffee in die Hand. »Er ist frisch und schmeckt bestimmt gut.«

Nickend nahm der Mann das Präsent entgegen. Jonas lächelte zaghaft, erhob sich und verließ das Krankenhaus, ohne sich noch einmal umzudrehen. Er stieg auf das Elektrorad und fuhr in Richtung Bahnhof. Seine Augen tränten im Fahrtwind.

Am Fahrkartenautomaten schwankte er zwischen zwei Reisezielen. Aber als solche sah er sie nicht. Vielmehr waren es zwei Lebensziele, von denen er sich nun für eines entscheiden musste: Einen Neuanfang in Berlin wagen oder die Vergangenheit in Köln retten?

Helena lag in der Dunkelheit. Sie umklammerte die Muschelschale noch immer. Mit der anderen Hand griff sie in die von Jonas mitgebrachte Plastiktüte. Sie war prall gefüllt, was sie ein wenig verwunderte. Daher legte sie die Muschelschale auf ihre Bettdecke und knipste das Licht an. Es war eine Tüte aus dem Buchladen, in dem Jonas arbeitete. Sie linste ins Innere. Darin befanden sich eine halbvolle Flasche Weinbrand, zahlreiche Medikamentenpackungen, ein dickes Bündel Geldscheine und ein Notizzettel. Hastig richtete sie sich auf und zog ihn hervor.

Sie sind jetzt der Lokführer und es gibt eine Weiche auf Ihrer Strecke.

Helena ließ ihren Kopf auf das Kissen fallen und atmete tief durch. Dann griff sie erneut in die Tüte;

Über den Autor

Alexander Sommerburg wurde 1992 in Celle geboren. Er lebt zurzeit in Berlin. Selective Yellow ist sein Debütroman.

Danke, dass es dich gibt.